悦讀紀 | 文化品位
ENJOY READING ERA | 优雅生活

每一天都
活得热气腾腾

黑白格的时间——作品

MEI YITIAN

DOU HUODE

REQI

TENGTENG

青岛出版社
QINGDAO PUBLISHING HOUSE

图书在版编目（ＣＩＰ）数据

每一天都活得热气腾腾／黑白格的时间著. — 青岛：青岛
出版社，2016.10
ISBN 978-7-5552-4361-8

Ⅰ．①每… Ⅱ．①黑… Ⅲ．①散文集－中国－当代
Ⅳ．①I267

中国版本图书馆CIP数据核字（2016）第166923号

书　　名	每一天都活得热气腾腾
著　　者	黑白格的时间
出版发行	青岛出版社
社　　址	青岛市海尔路182号（266061）
本社网址	http://www.qdpub.com
邮购电话	010-85787680-8015　13335059110
	0532-85814750（传真）　0532-68068026
责任编辑	杨　琴
选题策划	杨　琴　易　超
封面设计	千　千
版式设计	刘丽霞
印　　刷	三河市南阳印刷有限公司
出版日期	2016年10月第1版　2016年10月第1次印刷
开　　本	32开（880mm×1230mm）
印　　张	8.5
字　　数	120千
书　　号	ISBN 978-7-5552-4361-8
定　　价	36.00元

编校质量、盗版监督服务电话　4006532017　0532-68068670
青岛版图书售后如发现质量问题，请寄回青岛出版社出版印务部调换。
电话：010-85787680-8015　0532-68068629

目 录

Part 2

如果爱
，
那就
认真去爱

爱总喜欢从分别到终老

从放弃和相依

最后哪怕两个人的

世界终被割离

也无悔爱过的那场青春岁月

Part 3

心里
那个梦
，
万一
实现了呢

别把心里的梦藏起来

天要放晴

请时刻准备好

给它们重见天日的机会

伸出手，我们能抓住

每一缕阳光

Part 4

学会
正视自己
，
正确
看待自己

走过很多地方
看过无数的风景
跟无数的人擦肩而过
到最后，才发现
每一次回忆都会
遇见更新的旧友

Part 5

愿你
邂逅
更好的
生活

生活没有最好
只有更好
就像人生本没有答案
而我们只需要勇敢的走下去
看看结果的模样

Part 6

从现在起，做更好的自己

灰头土脸的日子总被
欢快的语调一带而过
早晨总会等着迎接朝阳
因为我们相信
光照到身上的感觉
每次都不一样

序　我们都是舞台的报幕员

朋友问，这本书写完你打算干什么？

我回答，回忆里再走一遭，跟那些感动我的人和事，再遇见一次。

曾经的喧嚣热闹叽叽喳喳，或者抱在一起哭一起笑的日子，无非仅仅是几个人而已。现在真好，我把他们都喊来，安静的环境里就该有那么一群不守规则的人，不时打扰下。

没有谁比谁苦，没有谁比谁幸福，只不过大家都在活出自己的意义。有人喜欢听老歌，有人就会不耐烦，有人喜欢讲荤段子，有人就会骂对方不要脸。这本来就是一个看脸的世界，我们撕下伪装的面具，修女也能变疯狂，绅士也能耍无赖。伪装太久，真实的本领耍起来都不再得心应手，原来这就是选择，对生活的选择，对生命的选择，对爱的选择，对恨的选择，还有对自我无法宽恕的选择。选择了，就有一条新路等着自己。

我记录下身边的朋友亲人或者陌生人，每人都有缺陷，在这个不太完美的世界里依然住着一群追求完美的人，怎不让人激动一些？他们也会摔跟头，也会有埋怨和伤心，可他们努力挣扎着爬起来，站在大坑前，提醒过往的行人，当心，注意，别太着急。

我们都是一个需要被提醒的人，无非有人醒悟早，有人醒悟晚些。

刚写文不久，路上走路不小心被车撞了，没事，一点擦伤。我摆摆手让对方走掉。很多人包括家人都在骂我，是不是傻帽啊！当晚在手机上看到一则新闻：大爷被下学骑自行车的孩子不小心撞倒，男孩子吓得都哭了。大爷不顾身上的伤痛，急忙安慰孩子说，没事，爷爷有医保，不用你赔。

我笑了。我们都是有底线的人，守住底线比什么都重要。

第二天，我花光一个月工资，买回那条喜欢很久的裙子，看场偶像的大片，吃次从来没品尝过的美食，从朋友家抱回喜欢好久名叫"Lucky"的小狗。一喜欢，年轻态就回来。

我们都是舞台上的报幕员，幕布拉开，退进阴影里，为舞台上的每个人鼓掌，声音再小，他们也能听见。

正如我在《愿每天叫醒你的是梦想》中写道："我不想祝福全世界的人，我只想祝福你，只想你幸福，快乐，只想你说梦想时不再彷徨质疑和仓促，在我心里你一如当年的翩翩少年，你的梦想没有实现，我就不允许你变老。"

愿我们每一天活得热气腾腾，不老不旧不早走不离开，舞台灯一亮，你就站在正中央。

黑白格的时间
2016年7月10日凌晨3点43分

Part 1

从现在开始努力，一切都来得及

没有什么来不及，每天我们都是从迈出第一步开始，努力就是一次次的抬起左脚，迈下右脚

人生没有最晚的开始，
一切都还来得及

人生就是这样，只要开始后就不要回头，不要沮丧，不要灰心，不要丧气，不要自怨自艾，在这个世界上没人能爱你一生，除了你自己，别无他人。好好爱自己，你才有能力去爱别人。爱一旦开始，就停不下脚步，没有最晚的开始，什么都来得及。

年轻时读幽默大师林语堂的《京华烟云》《人生不过如此》《生活艺术》，在喜欢的句子边做标注，写下片刻感悟。

最喜欢读那段，林语堂和廖翠凤婚后商量说："结婚证书只有离婚时才有用，我们烧掉吧！今后用不着它。"一根火柴将结婚证书烧掉了。此后俩人果然相守一生。

1

大学同学山竹的那本结婚证在和男人争吵不休时，被她当场撕得粉碎。男人破口大骂，她突然失语，她多么想对方顿时停下来，关心撕掉的是否能复原，容颜破损是否能拼起。

她曾认为他是个幽默有趣还豁达的人，可在与人相处和如何对待婚姻的问题上，两个具有高学历的年轻人还都是新手，总想成为霸主成为权威成为一字重千金的那个人。

第一把交椅大家轮流坐，我看你心不服，你看我气不顺，谁也不肯低头，这是一场狮子和老虎的战争，让你毛皮焉在，让你丢盔卸甲，让你重伤在即，让你拖着伤腿伤胳膊溜回残缺的小窝。

本是共同建造的窝，到最后成了谁拆最快，谁掼最快，谁砸最快，谁掼到门外最快，谁就在气焰上占上风的地方。觉得没有希望了，失望了，绝望了，把对方视为陌生人，如果那样只有分手这条路。

俩人分手的迷雾浓了大半年才渐渐散去。

山竹带孩子搬出来，一个女人带一个半大的男孩子，真不容易。闲言碎语在她耳朵眼里穿梭，好像一艘失去主舵的轮船，随时有触礁危险，就像泰坦尼克号撞到冰山一角，这样的噩梦扰她夜夜失眠。

大家都劝山竹再考虑下，再朝前走一步，毕竟一个人熬，日子不好过，她不依。她在休整内心的那段日子，读很多书，看很多相似背景下的影视作品，她还看《桃花源》的舞台剧，听豫剧越剧和乡村红白喜事的调调，有时她听不懂台词，但是她喜欢看女人水袖甩得龙飞凤舞，看女人小脚碎步跌跌撞撞地后退，其实后退是为了大踏步前进。

这个向来看书先看结尾的女人，终于改过来，会认真地从头看起。她特别认可那句话："在你最美好的岁月，没有找到最好的那个人，等你年华不在，容颜老去，你说自己离婚是为了再找个更好的男人，扯淡！"

她清醒下来，决定选择想要的生活，不是因为想重新找个所谓的好男人来拯救自己，而是有重新选择的机会，选择想要的生活，想过的人生，想拥有的自由灵魂。没有爱的婚姻就是一棵无花果树，就算秋天果子再甜，也没有鲜花盛开的日子让人铭记。

很多事，想明白只需要一秒钟，小沈阳说得对，人这一生其实可短暂了，眼睛一闭一睁，一辈子就过去了。山竹认为她的人生是两辈子，两辈子就要有两辈子不一样的活法。

2

人生没有最晚的开始，一切都还来得及。她利用周日下午半天的时间，去医院后面新开的"博雅书局"看线装古书，看人物传记，看战争风云，还看如何鉴定玛瑙，如何编好中国结，她看得很杂，什么都看，看得都很用心。

她买回大幅尺寸腊梅图案的十字绣，烦了就拿出来一针针绣，有时她感觉每一针都像扎进自己的肌肤，绣的是自己的伤口。

有天，她心血来潮来找我，喊我陪她去文身，在脚踝处文朵梅花，说喜欢。我笑她，老了，还这么爱美，给谁看。她说，夏天配那身翠绿色的长裙，绝配，只是喜欢而已。

她每个月都带孩子去附近爬山，带自己做的冰镇绿豆汤，自己烤的面包圈，自己做的寿司，还带野山楂做成的果酱。她很少在朋友圈发照片，说心情转载各种文字，很少，只有一次见她朋友圈提示，"微信密码被盗，如有借钱言论，绝不是本人行为，请勿上当受骗"，害我们空欢喜一场。

在大城市生活很不易，她经济基础并不太好，住在租住的小屋，房子很老又不大，但她种很多水培植物，有笔挺白嫩的洋葱，有撒欢长的胡萝卜，有妖娆多姿的黄豆芽，有从冰箱顶垂到地面上蓬勃的红薯秧子。她家阳台很大，那是她和儿子的菜园子，樱桃西红柿有红有绿，丝瓜攀爬到楼上的窗棂结果，一大盆子小白菜水嫩嫩的。

她衣柜里的花裙子排得整整齐齐，好像被关着的新娘子，着急出门，都熨得服服帖帖。儿子的房间被她收拾得童趣十足，晚上关灯，头顶就是星空，孩子可以跟时空对话，跟未来对话，跟希望对话。

她活得很年轻，不急不躁地走着，让人看着舒服。

她是一个让人舒服极了的女人，年轻时的锋芒早已收敛，呈现的是颗清透的心，面对岁月纷争少有的淡定。

3

大家都说她应该主动寻找属于自己的爱情。她笑了，主动，在人群里看到一个儒雅的男子，看他眉目清秀，俊俏斯文，是喜欢的类型，主动走过去搭讪，嘿，您好，你看我好不好？她说，不可能。

她说，我还是相信冰心先生对铁凝说的那句话："对于爱情，你要等，等你命中注定的那个人，而不是找。"茫茫人海，要用多大的频率才能震住，惊醒对方爱的荷尔蒙。我不介意孤独，那比爱一个错的人更幸福。

朋友们背后都说，山竹被那个男人辜负了，她却不这样认为。

她说，我的偶像胡歌，在访谈节目中提到前女友薛佳凝，泪光闪烁，在他遭遇严重车祸具备毁容迹象时，她放下身外一切，全身心地照顾他，可最后俩人还是分手了。我不想说胡歌辜负了谁，我也希望男神和女神在一起，成就完美的爱情佳话。在爱情世界受挫时，人们还会相信情比金坚，可爱情不是一块冰，焐焐就化了，爱情只不过是一朵花，你浇水施肥剪枝松土它也不会永远盛开，它也有四季，它也有寒冬和初春，甚至它也有心灰和意冷。

　　我们在爱情世界最贪婪的是，时刻有初恋的感觉，感动的瞬间和浪漫的氛围。我们希望不说话对方就能明白自己的心意，能心灵互通，达到二人合一的至高境界。

　　现实中大家斗得不亦乐乎，斗来斗去，胜负和对错占了上风，可爱情中并不是只有对错，还有原谅宽容谅解，还有放手祝福和送行。

　　我们贪婪地想霸占一个人一辈子，却没想到把自己的一辈子也赔上，没人说谁赔谁赚，无非到最后，爱不是爱的模样，疼不是疼的意思。

　　"当你老了，头发白了，睡意昏沉，炉火旁打盹，有多少人爱你青春欢畅的时辰，爱慕你的美丽，假意或真心……只有一个人爱你那朝圣者的灵魂，爱你衰老脸上痛苦的皱纹。"

　　我不认为自己被辜负，我就不认为自己的曾经是错，干吗要让自己承认失败，那不过是不成熟的人走过一段不成熟的路罢了，是路，就可能跌倒，没什么大不了。

4

　　三年过后，山竹还没有等到，我们都希望她有个好结局，她说现在才是她最好的状态，她喜欢现在的自己，看得清也看得远，不盲从也不忧伤。

有些路，是需要一个人走的，这段岁月跟任何人无关。

我今天考驾驶证，参加科目一理论课考试，在楼下等上一批考试的学员下来，拥挤的人群中竟然有位白发苍苍的阿姨，爱闹的男孩子们问，阿姨，你也是考试的？阿姨点头微笑地说，对啊！男孩子们接着问，阿姨，考得怎样，过了吗？阿姨竖起大拇指骄傲地说，99分。后来那个阿姨成了学员和教练嘴里的激励石，谁不努力不认真不刻苦不用心就拿她砸一下大家的榆木脑袋。

报名参加绘画班的山竹给我们看她的作品，大家都说不错，她说只是刚开始。后来她画得越来越好，连老师都夸她，她还是说刚开始。有幅作品参加省级绘画大赛获了铜奖，那是非专业人士荣获的最好成绩，她还是笑着说，只是刚开始。

人生没有最晚的开始，一切都还来得及，颁奖晚宴上有个成熟的男子请她会后出去散步，她爽快地答应。

人生就是这样，只要开始后就不要回头，不要沮丧，不要灰心，不要丧气，不要自怨自艾，在这个世界上没人能爱你一生，除了你自己，别无他人。好好爱自己，你才有能力去爱别人，爱一旦开始，就停不下脚步，没有最晚的开始，什么都来得及。

上周，婚礼上的山竹，套用网球世界冠军李娜的名言，霸气地说道："我们家没有离婚，只有丧偶。"顿时她的魅力在我们心中瞬间升级，"当你活得足够优秀，你会发现有人活成你的影子，而你成为了他们的方向。"

如果不坚强，
软弱给谁看

　　　　　　我们都是欠债的人，欠下的债今生必须还。"如果不
　　坚强，软弱给谁看。"

　　小表妹柠檬跟谈了三年的男友闹掰，不是不爱，是爱得无法分开，分不开就拿把刀割开，她选择"不辞而别，离家出走"，我这里是她的最后一站。

　　柠檬哭得上气不接下气，鼻子冒泡，朝我哭诉命运不济，上天不公，老天爷不开眼，干吗坏事都让自己碰到。

　　她一周前去东三环办事找不到公交车牌，看到前面一位身材微胖、穿着光鲜的妇人，匆忙小跑着过去问路，对方回头，满脸白斑，苍白无血色的脸被斑块填满。

　　路是问了，她的魂也丢了。

　　回到家不吃不喝，她躺在床上睁着眼盯着一个地方，能三分钟不眨一下眼睛，眼泪哗啦哗啦地淌，养的那只叫球球的小狗不停地

给她舔干。

有两年的时间了，柠檬被脖子处两厘米大小的白斑困扰，她怕得要死。眼泪是有毒的，越哭越咸，好像她眼睛里能流出一个死海。

我们总会多次感觉世界末日来临，我们驾着汽艇，我们登上飞机，我们爬上火车，或者我们爬到另一人的背上，总觉得高点，再高点，我们就能看到新的希望。

曾经那么活泼可爱的表妹，在未知的世界里迷惘了，她把别人的既定事实倒在一个模具里，制成一张嫌弃的脸皮，贴到自己脸上，好像自己就是未来的那个人，那张面目可恶的脸，她摸着自己白嫩的肌肤，无法想象更无法承受。

可不敢想和存在心里是两回事，看得多了，了解得多了，更觉得自己无药可救，最后步入后尘，早知如此何必当初，请爱我的人都走开，请关心我的人都让开，请我爱的和我关心的人都闪开。

她变得暴躁蛮横不讲道理，对所有人恶语相伤，她说自己控制不住，自己要狠狠地抓狂，连最爱的男友都被她伤得，一个大男人竟然在人群里落泪。

她心里在哭，脸上却在狰狞地笑，我这样的人不配你爱我，你走啊，你走得远远的，我不想再看到你。

那段时间，说真的，柠檬总感觉吃多少药，喝多少补汤，白斑都在变大，速度很快，好像在分裂，在慢慢地生根发芽，在企图一夜之间占据她整个身体。

她有一次竟然真的拿把水果刀，想把那块白斑挖下来，如果血能覆盖住它，我情愿让血把那个病魔淹死。

有时我们真的太在意，在意守护的东西被剥夺，在意得到的东西失去，我们害怕那种痛，害怕那种随时被撕咬的痛，特别想占据主动权，说，我来主宰，于是她不自觉地去伤害别人。

　　原来伤害是不需要学习的，伤害自己就是对亲人最大的伤害。

　　她不断地伤自己，谁说在残酷的现实面前乐观是天生的，你断条腿我看看，你断个胳膊我看看，你毁次容我看看，你被可怕的白斑一点一点爬到脸上，把你娇美的容颜划成梯田，划成棋盘，我看看。

　　请不要笑话我的软弱，我只是没有你们想象的那么坚强。

　　男友和家人把她看得死死的，怎样的解释好像都是劝她放下戒心，安心被关进牢房里，四面没有镜子，没有玻璃，没有湖水，只有重复几千次的老话，不会的，你会好起来的，这不是不治之症，我们不是其他人，没关系，一定能治好。

　　听多了，她好像有点信了，有段时间安心吃药，安心去医院，安心听大人的话，听话的乖样子特别可怜，好像她是一个不懂事的小女孩，别人喂颗糖豆，她能安静半天。

　　她偷偷听到家人跟医生的对话，隐约中提到她的病情有点加剧。这次，她偷偷跑出来躲起来。

　　在我家的那段日子，她干什么我都不指责她，依着她的性子，想干吗干吗。

　　她把我大学时买来、最喜欢的那本《文化苦旅》撕成碎片，她把我用毕业第一份工资买的水晶球摔得粉碎，她把我养了多年的茉莉花连根拔起，她还把我的金鱼倒进下水道，把我养的小猫吓得不敢喵喵叫，我暴怒，但当她用迷茫的眼神看向我时，我的心一软就忍了。

我其实真的心疼，心疼这个把命运当成慈善家，当成活菩萨，当成神灵的姑娘。

她脖子的白斑确实变大了点，医生的劝诫于她都是废话，什么高科技什么高超技术，治不好病人的病配当什么医生，她发起疯来把善良的医生骂得狗血淋头。她这边骂完，我这边不停地作揖道歉。老中医微笑着说，这个倔丫头有点意思，这个病人我收了。

治不好她，任她随便骂。

那一刻，表妹哭了，抱着我哭了。她说，原来我还有救。

一年的时间，我来回奔波，经常给这个疯丫头带药，一起复诊。白斑没有长大，还有变小的迹象，每次去看她，她镜子不离手，非让我说，是不是小了，小了。

第二年，她和男友订婚。第四年儿子出生，曾经的白斑早已和皮肤的颜色相差无几。我讲她癫狂的历史，她害羞地说，你瞎说，我这个淑女怎么会说那样的话？

我问她，你难道真的不再害怕了？她说，不怕。

"如果不坚强，软弱给谁看。"

好与坏，开心与伤心，痛苦与快乐，我们都有选择权。疾病也是这样，它本就是你身体的一部分，有时我们无法避免就该坦然面对。医生曾说过，每个人的身体里都存在着癌细胞，它和我们的正常细胞共生共容，自我们出生下来直到死亡都如此。有的人一辈子与它无缘，有的人偶尔会跟它碰上，有的人因为它而终结生命，这不是谁的命运好坏之分，而是生命的面对过程，勇敢面对了，真诚面对了，纵然有时我们吓不倒它们，打不垮它们，但是在这个过程中，我们依然笑对生命如花的日子，我们的战斗一天都没停过，只要战斗，心在跳，血在流，爱的呼声还在，我们就活得有意义。

柠檬自从知道她高中好姐妹勇敢面对乳腺癌的过程，好像变得更坚强了。她说，我很幸运，我感觉自己是全天下最幸运的人。

我的病，没什么了不起！

她的好姐妹在患病期间，说，爱定胜天，天命不可违，可爱的回报更不可违。我一定要积极治疗，勇敢活下去，老天留我，我就开心每一天，老天不留我，我就无憾地离去，没有什么大不了，二十年后我又是一个女汉子。

表妹问我看过那部电影吗，一个叫亚伦的驴友在峡谷中探险时发生意外。右手被石头卡住，被困整整127个小时后，他断臂逃出，即使在慌乱无措的时刻，亚伦也时刻保持乐观坚强的心态，不忘调侃自己，为自己立下墓碑，拿DV模仿电视中欢乐的采访节目娱乐自己，微笑着看头顶的黑鸟飞来飞去。

当他切断手臂，剥离残肢成功的那一刻，他的眼神让人震撼无比，原来在死亡的面前，能打败的就是生的毅力和还没有偿还的那些爱。

表妹说那是好姐妹最喜欢的电影，绝对的真人真事。

我们都是欠债的人，欠下的债今生必须还。"如果不坚强，软弱给谁看。"

只有你才能决定
自己喜欢的样子

　　我坚信，人应该有力量，揪着自己的头发把自己从泥
地里拔出来。

——廖一梅

　　龙应台曾说过："有些事，只能一个人做；有些关，只能一个人过；有些路，只能一个人走。"看到这段话，我正在从老家赶回工作单位的路上，我把书轻轻合上，好像为另一个自己关上一道门。

　　我很讨厌现在的自己，白天说鬼话，晚上说人话。

　　昨天刚看到《余罪》里毒枭大王傅国生被抓，余小二好奇地问他，老傅你真的喜欢我，为什么？老傅淡定地回答，说你是人，你比人更像鬼，说你是鬼，你比鬼更像人。其实老傅是感激余罪的，余罪也是感激老傅的，终于可以轻松下来的那刻，两人都笑了。

　　笑了，是因为在那刻，大家都变成了人。

　　人，活着，就是活给自己看，自己看不到自己喜欢的样子，再

大的繁华世界于我们而言都是虚妄。我不要虚妄，我只要真实。

我还是叫他白杨吧！现在他长得又直又高，早已实现自己的梦想，这样的一个人就该在田野里打滚，想跟每朵白云叫嚣都完全可以肆无忌惮。

他十年磨一剑，投入全部的财力和物力，只为研发新型节能环保汽车。当第一辆车缓缓开出工厂的大门，距离他差点破产的日子已经过去三年。三年前的那个月圆之夜，别人都在全家团聚，而他却在一个人绞尽脑汁琢磨要低多少次头，打多少次电话，上门拜访多少个人，才可能仅仅是凑齐公司的欠款。

金融风暴来势凶猛，起初被吹得打晃，后来被吹得连根拔起。他死拽着不松手，好不容易苦撑两个月。那时他心气高，觉得大不了从头再来。

男人的事业可以重新再来，可女人的安全感和稳定感却分崩离析。手里攥不到真金白银，说什么都是假的。收起来的再让掏出来，那种掏心掏肝的感觉真难受。起初女人还觉得有希望，估计男人可以起死回生。后来形势越来越不妙，钱像扔进大海里，瞬间被浪吞没，好像有一张巨大无比的嘴，只能用钱来当食物，它不停地喊饿，你就要不停地往里扔钱，不扔，就要吃人。

那几年，有人前一天还很风光，第二天新闻就传出人从大厦跳下去，毁灭真的是解决痛苦最简单的方法吗？

白杨的噩梦每天都被敲门声惊醒，被电话铃声吓醒。人们嘴里再也没有哥们朋友红酒牛排生意价钱了，有的就是，还钱，还钱。

钱变成枷锁，卡在脖子上，人被牵着走。

女人离开了，带走家里所有的现金和首饰，甚至把买给孩子的长命锁都带走了，狠心没带走刚会叫妈妈的孩子。他无奈，只好把孩子送到乡下老家。

伴随南下火车开动的声音响起，孩子拼命叫妈妈，伸手让爸爸抱。白杨隔着车窗大手放在满含雾气的窗户上，缓缓写着，等我。

那年年初，白杨通过朋友去国外打工，一去就是三年。谁也不知道三年的国外生活他是怎样度过的，他曾讲过，那段日子喝白开水都是苦的，可再苦也要坚持下去，父母双亲还在等他养老送终，年幼的孩子还等他培养成人，债在人就不能亡命。

"我不是亡命徒，逃远远的，我只是在寻求东山再起的机缘。"

白杨是一个有心之人，他所去的国家有项新技术对于他的事业是最好的推动力。有时间他就去拜访那位老人，爱是不分国界的，关爱更如此。他凭借超越常人的诚心和尊重，终于得到老人的支持和资助。

运气跟人际有关，运气跟坚强有关，你不努力谈什么要有好运气。与其愤世嫉俗，不如弯下腰从头再来。我们都是败过的人，再败一次又如何？

当他手头有点积蓄有了技术，想再走一次江湖，江湖的血雨腥风正闹得沸沸扬扬，大鱼吃小鱼，小鱼吃虾米。白杨连虾米都不是就想再变成大鱼，很多人都笑他狮子大开口，胃口太大，当心被撑着。

在他认为天时地利人和的时候，迅速把所有鱼饵抛进海里。有肉就有鱼来咬，几经周折他以低价成功收购一个小厂。他终究是一个有智慧的男人，男人的大气和魄力让他在捶打中活了过来。

光鲜的人最喜欢讲自己的奋斗史、发家史，说自己的难关苦关和情关，变得内敛的白杨对这些早已经看淡。他说，我需要从海沙里淘金子，就需要筛掉石块、砂砾、贝壳的微小生物，我们几次大叫以为自己真的淘到了，抱在一起庆祝，下一秒告诉你根本不是，可再一秒的世界谁能知道？

成功比失败只多一次，可失败却有千万次。当我们高兴不起来时，成功就冒点苗头，其实到最后，我们期盼的不是成功，而是失败的问题少一点，再少一点，问题越少，失败的机会也就越小。我们要的是解决问题，而不是最后成功的那一刻。

成功来临，我们都在哭，抱在一起大哭。

现在处于事业上升期的白杨总说最难忘的是那段笼罩失败的日子，像头牛，遇见红色就眼红，发狂，顶着脑袋就撞，不管自己死活。大家待在实验室里，把各种数据和曲线看得比美女还美。大家吃住在一起，好像亲密无间的兄弟姐妹，说得最多的，就是让我眯五分钟，五分钟后叫我，要是不叫我，我跟你没完。

那段日子感觉自己年轻了十岁，年轻的心态真好，虽然即将四十岁，经过失败的教训，我的心态将永远保持年轻。

"我坚信，人应该有力量，揪着自己的头发把自己从泥地里拔出来。"

年轻真好，有年轻的心态真好，我活成自己喜欢的样子，这个世界才是我想要的。

我很累，
但我会照顾好自己

在这个世界，没有一种付出能大得过父母的爱，因为他们用一生来呵护我们，只用衰老疾病孤独来慰问自己的离去。有时我们没有办法留住他们，却有办法留下他们的爱。活着就是享受，陪着父母一起好好享受生活，才是人一生最大的幸福。

有时，我们都会感觉到乏力、疲惫、心力交瘁，但不敢放纵身体里的那个自己复活。在重要的人生关口，咬紧牙关，对自己说再坚持下就能胜利，胜利的晚宴我们设想无数次，可天总是不黑，我们还得赶路。

天不黑，我们就没有停下来的理由。

1

现在的叶子却总想停下来，她不喜欢这种疲于奔命的生活方式，她说："活着就是享受。"

这是一种多么颓废的人生哲学，哲学总存于辩证中，例如新的选择就意味着对旧有东西的放弃。当年的叶子也曾纠结在选择和放弃的漩涡里，不敢轻易取舍，她还说，有没有一种不带任何伤害的选择，能让我鱼和熊掌兼得。

圣雄甘地说过："世界再大，也是一个村庄；村庄再小，也是一个世界。"叶子的故事也是一种世界，挣扎不休的世界。

三足鼎立，本是最稳的驻足方式。当她母亲不得不选择跟她父亲提出离婚时，那时还小的叶子会躲在被子里哭，会听信奶奶姑姑的话："如果你爸妈离了，你就是孤儿。"

她母亲知道后气得不行，生气地说："你有爸爸，有妈妈，怎么就成孤儿，不要听他们的！"

他们也曾是最亲近的人，从那天之后，她的天只有妈妈，妈妈的天空下只有她。

她不明白，为什么？

多少父母也有深仇大恨，也有无奈和委屈，还不是在一个屋檐下生活，纵然一个枕头占据床中间，不偏不倚，四平八稳，但心时刻像悬在一道裂谷上，有种巨大的吸力要把自己吞噬，她体会不到母亲心里的苦。

"我可以逃离世界末日，可总逃不掉我们家冷漠的气氛。"叶子说。

后来，叶子提出让妈妈离开爸爸，因为她看清了，冬天28°C温暖的家里，父母的脸上也是冷的，大家就像生活在冰窖里，在女儿面前勉强伪装成可亲的父母，毫无默契感毫无亲切感。她看见父亲不小心碰到母亲的手，母亲躲在洗手间不停地搓洗，好像被感染上病毒一般。

分开前两人变着花招套叶子的话，假如，我是说假如啊！我和你爸爸（妈妈）分开，闺女你和我一起生活好吗？别误会，我是说假如。

叶子烦死了，烦死了有人要自己选，选左胳膊还是右胳膊，选左腿还是右腿，有次发疯的叶子咆哮着闯进厨房，举着菜刀出来，你们俩，谁来，先把我劈了得了，爱要哪块随便。

那年她十三岁，突然肚子好疼，裤子红红一片，菜刀咣当掉在地上，她没忍住还是叫了妈妈。

2

长大后，她有时回想，她选择妈妈的那个下午，爸爸瞬间老了十岁，原来人是可以瞬间苍老的，曾经的父爱和今后的父爱该有多大的不同，她不知道，她只知道自己被瘦弱的母亲搂在怀里，不哭也不笑，任妈妈扶着进屋躺下，脱掉脏衣服，戴上从此以后伴随女人一生的那个东西，垫进内衣里。

妈给她熬大碗姜汁红糖水，她喝一小口，哗啦全吐到母亲身上，随着肚子一紧，下面又有东西流出来。一向严厉的母亲出奇的温柔，暖暖地说："不碍事。"原来冰冷和严厉是可以伪装的，她庆幸看到母亲的软肋，母亲的软肋就是自己。

她过上为活着讨生活的日子，直到大学毕业，母亲也老了，叶子有时会搂着妈妈的肩膀，给失眠的妈妈唱儿歌，会拍妈妈的背哄她入睡。她特别害怕黑夜里坐在床沿边的母亲，长期的劳作和焦虑，让母亲患上严重的神经衰弱，母亲越来越依赖叶子，依赖就是看见，每时每刻看见，只要叶子在家，母亲就整晚整晚不睡，盯着熟睡的叶子看。

叶子知道后，怎么劝怎么说使什么招都不灵，母亲依然如故，叶子发狠，你不睡我也不睡，她和老妈说话，讲故事，讲各种各样的故事，母亲只是冲她笑，温柔地笑，唤她快去睡，明天还要上班。

叶子发现模仿妈妈给自己念小时候的故事书，母亲才会安稳地睡着，这个秘密她一次一次尝试，终于知道，母亲是让自己的挫败感停留在女儿十三岁那年，那年以后母亲再也不看书、不看报、不读书、不修饰自己，曾经那么优秀的母亲变得越来越对自己苛刻。

苛刻到除了爱女儿，早忘记怎么爱自己。

她的世界没有门窗，没有阳光，没有未来，只有女儿，女儿才是她的一切。她想要女儿的爱是圆满的，圆满的父爱母爱，圆满的家，圆满的成长岁月。但她没做到，做不到就是失败，是不称职，是彻头彻尾的失败者，她的千般万般的好在她看来对女儿都是缺憾，是无法弥补的缺憾，这种深深自责如一根刺扎进她心里，拔也拔不出来，或者说，她从没想过要拔。

她用自己不完美的人生来验证女儿不完美的成长岁月。

3

有多少父母不得不选择分开，不是对儿女不爱，而是无法跟那个人一起爱下去，于是分开。她以为自己会分饰两个角色，她会自然本色出演不被孩子发现，但是她最终发现她的愧疚感在女儿长大后一天天变得沉重起来。当女儿要开始新生活时，她察觉出女儿的抵触和恐惧。

她觉得自己才是制造恐惧的那个开端，她没有办法用时间来抹杀那种恐惧，她想那我就陪着她。

叶子恐婚，当拒绝曾追求自己多年的男孩后，对方一气之下听从父母安排，迅速选择合适的结婚对象完婚，那天刚好是叶子二十六岁的生日，也是妈妈五十岁的生日。8月14日，多吉祥的日子，在期盼全家团圆的前一夜，叶子失恋，母亲从神经衰弱的世界里走出来，她俩一会儿哭一会儿笑，一会儿大骂世界不公一会儿说可以摆平全世界，其实她们只想摆平对方。

俩人心里小算盘打得啪啪的，叶子监督母亲要完全康复过来不要回到过去，母亲监督女儿要摆脱阴影勇敢追求幸福。叶子的话母亲都听，母亲的话叶子也全听，叶子变成最听话的乖女儿，母亲变成最听话的妈妈。

叶子找到我们几个军师，让大家出谋划策为母亲安排几场"夕阳恋"，让一辈子没享受到爱情的老女人找回少女那颗心。阿姨也找到我们，让我们这几个好姐妹给叶子找个好归宿。谁的心思谁也不知道，各自策划着想给对方惊喜，叶子积极参加为母亲相老伴活动，为母亲打头阵；母亲也积极参加为叶子相对象的饭局，为女儿刺探消息。

叶子把母亲从头到脚捯饬一通，没想到瞬间变成风韵犹存的中年美妇，母亲逼着叶子剪发烫头买漂亮裙子背漂亮包包，两人挽着胳膊在街上招摇，女儿年轻性感母亲端庄大方，性格鲜明的两人把马路都照得明晃晃的。

母亲逼女儿健身，女人逼母亲跳广场舞；母亲教女儿做菜，女儿教母亲上网；母亲教女儿裁剪衣服，女儿和母亲一起看美国爱情大片。女儿说，那个男人真帅，胸肌杠杠的，是我的菜；母亲说那个老男人真幽默，会木工活，我最喜欢实木的东西，有味道。

慢慢地两人也会谈到男人，不知道谁先开的口，另一个也能顺当地接下来。

世界就是这么不可思议，老父亲相亲儿子跟着，儿子相亲老父亲跟着，可巧他们和叶子母女相遇，激发出双倍爱的化学反应。

爱情就是这么不可思议，总有一个人会是另一个人心中的影子，大家走着走着就遇上了，火光四溅的刹那，就对上了眼。

4

总有一些人，会在路上碰到刺眼的阳光，荒凉的沙漠，无人的孤岛，大家需要的或许只是一片叶子挡在头顶，只是一滴水润润嘴唇，只是一个灯塔微弱的光。

还好路上有人相伴，年轻时我们以为自己找到爱的那个人，可最后大家会走散，会不知道谁丢了谁，曾经说过的话都变成水花，水花啪啪地打，好像打在一个人的脸上，带着痛也带着伤。

可不管怎样，总会有一个人或两个人在身后远远看着我们，会担心我们摔倒，会害怕我们孤独，会心疼我们受委屈，会举着一盏橘黄色的灯为我们照夜路，那是一条回家的路，一扇永不关闭的门。

在这个世界，没有一种付出能大得过父母的爱，因为他们用一生来呵护我们，只用衰老疾病孤独来慰问自己的离去，我们没有办法留住他们，却有办法留下他们的爱。活着就是享受，陪着父母一起好好享受生活，才是人一生最大的幸福。

叶子和母亲都找到了归宿，这是最好的结局，也是最好的开始。

请给我七秒钟，
我会变得更坚强

爱情只是生活中的一个组成部分，就像患病的身体，脚痛医脚，头痛医头，总会有一剂药对症。如果实在找不到，就放任自流，让时间来救治，时间拥有最坚强的臂膀，靠在它身上，再痛的伤都能自愈。

I

小学六年级，我跟随作为优秀教师的老妈和其他同事去北京旅游，美景我记得不多，长城的古砖没数上几块，记忆里最清楚的竟然是一条小鱼，一条头朝下被塞进长嘴啤酒瓶里，粗粗的身子被卡在瓶口处，一条无法动弹的小草鱼。

那间旅馆很脏很乱，臭乎乎的，让我挤进老妈的怀里都无法入眠，眼前总是那条鱼儿一动不动地望着玻璃瓶外世界的那双眼睛。我偷偷下床，蹑手蹑脚地出门，光着脚跑向那间亮灯的小屋，我低头不敢看穿吊带背心邋遢的胖女人。

我咬着食指小声说，我口渴，我要喝水。

女人大嗓门说，一块钱一瓶水。

我换个手指咬着小声说，我口渴，我要喝水。

女人不耐烦地说，一块钱一瓶水。

我张大嘴咬着小拳头，大声说，我口渴，我要喝水。

说第三遍，我哭了，我号啕大哭，女人急了，我妈来找我时更急了。

我满脸泪紧紧拉着老妈的手哽咽地说，我口渴，我要喝水，小手指向那条被禁锢的小鱼儿，我就是觉得，它在水里快死了，它在自己的世界里快要死了。

老妈花五块钱买下那条小鱼儿，第二天大家去北海公园，老妈带着我偷偷把它放生到鲤鱼池，小鱼儿打出一串漂亮的小水花，身子立马一跃被一大朵游来的鲤鱼浪花吸进去，它游得很快，好像在跟浪费的生命赛跑。

只要活着，只要坚强地活着，勇敢地面对生活中的沟沟坎坎，我们才能重游繁华世界，不是吗？

闺密米粒听完惆怅地说，想想那条鱼儿就觉得可怜。

可我说，你不知道鱼儿只有七秒钟的记忆吗？也许我们在意的它早忘记了。

"忘记"后的坚强才更有意义！

2

米粒被男友甩，我们都来开导她："有什么好？罗圈腿，泡泡眼，满脸疙瘩，腰长腿短，肚子还那么大，不是厨师就是伙夫。"

她红着眼说："别打扰我，我正在练习坚强。"

坚强、坚定、坚毅、坚贞，它有那么多的近义词，跟男人躲着自己的说辞一样，他撒谎的伎俩很低级，无非是我在上课没听见，我在实验室不方便接电话，我在跑步，我要去洗澡，我要睡了，我好累，我手机快没电了……

男人把跟米粒通话的时间包装得比压缩饼干还精致，干巴巴的，没滋没味地敷衍，迟钝的米粒自个发狂，以至于生理期来了不走，天天一张苍白的脸，掉死皮的脸，长脓包的脸，戴着墨镜把白天过成黑夜的脸。

大家嚷她，干吗不见阳光，想长成绿豆芽吗？当她握着单杠的手臂酸麻，胳膊无力，眼前一黑，摔在地上，她终于把明媚的白天变成了黑洞，她说黑洞太深，自己太笨太矮，总也爬不上来。

一年前，男人带米粒回家见父母，阿姨热情招待，临走送她一条金项链、一个金手镯，说是传家宝，怎么每家大人都有个传家宝，她屁颠屁颠地回家朝老妈显摆，非让老妈现置备一个传家宝出来不可。

他俩高中同学，米粒一直喜欢他，给他带早餐，送巧克力派，还送温暖，送问候，送各种节日的卡片，大学一南一北的俩人也没断联系，对方从没有主动表白过，米粒觉得是因为自己不够好，于是她要让他看到自己的好。

米粒早毕业一年，家人在北京给她安排好一切，对方毕业也被父母托关系找门子好不容易挤进证券公司。米粒鼓动男人来北京发展，石家庄是个小城市，在那儿太屈才，男人真瞒着家人去了北京，辞职投靠米粒，第二天，米粒就成了他嘴里的女朋友和新同事。

婚期都定了，双方父母都碰面了，传家宝都互换了，男人移情别恋喜欢上新来的姑娘，一米七二的大个子，鼓囊囊的大胸脯和细长腿，家境优越，北京市户口，独生女。男人又换进条件更好的单位，躲着米粒，把米粒的电话拉进黑名单，逃。

"您拨打的电话已停机。"米粒的爱情失去联系，彻底没了信号。

米粒伤心得暴瘦下来，小胳膊小腿小脸尖下巴，弱不禁风的样子让人看着心疼。

我们都劝她要坚强，她说我该向谁学习坚强呢？

3

米粒曾经的坚强我见过，当她父亲在病床上躺着，她是母亲的依靠，她舍不得哭，舍不得放弃，上北京下广州，遍寻良医，愣把父亲从死亡线上拉回来，顺利救治。

米粒陪朋友去游泳馆玩，不习水性的她在岸边休息，起身时脚底一滑不小心栽进池里，小脑袋浮浮沉沉，救命喊到一半嘴巴被水灌满，她扑腾扑腾地无助挣扎，水花越来越小。还好一位警觉的男士发觉情况不妙，出手相助，她才幸免死于非命，醒来的第一句话竟然是，池子里的水真难喝。

我从小怕水，怕在河边走怕坐船，甚至怕在浴缸里泡澡，总之我因为一场意外心里留下阴影，对水的惧怕能超过各种带毛的虫子，想到虫子心里犯呕，接触到水浑身打哆嗦。

米粒的小命差点被水吞噬，想必肯定会留下更大的心理阴影，她喊我一起学游泳，我连连摆手吓得后退，等自由泳的米粒在池子里嬉戏的时候，我还躲得远远的。人家徜徉在水的怀抱，我还躲在陈年旧梦里解心里的结，结在人亡的感觉颓废极了。

米粒晚上下班要走过街天桥，有天被三个乞丐打扮的男人抢包，男人们前面跑，米粒后面追，愣把男人们吓得够呛，她高亢地大喊，杀人了，杀人了，他们可不敢担这么大的罪名，扔下包溜了，我们还骂她要钱不要命。

她刚学开车那会儿，本该拐弯减速愣一脚踩在油门上，车噌地蹿上马路牙子，额头缠着绷带的米粒刚过几天，又接着学。

我们都说米粒受伤害后的心理阴影基本为零，好像多大的伤都穿不透她的铠甲。

刚失恋时，她不理我们成群的轰炸微信，语音留言，请看电影听音乐喝咖啡蹦迪的短信，一个人独来独往。她说，如果想让我痛快，不要来打扰我，别用给你介绍个帅哥或者我同学他正暗恋你这么低俗的招，别拿你们的备胎让他们在我身上转正的招，别给我安排偶遇相亲英雄救美的桥段，不打扰，自愈，给我时间，就是对我最好的照顾。

刚放下一段感情，立马开启第二段，就是对自己对他人耍流氓。

其实米粒很可爱，只是在某些人的眼里不温柔不淑女还带点蛮横的感觉，谁让从小练跆拳道的她最看不惯别人受欺负，现在欺负自己的人就在眼前，却不能动手，恶气难消，愤恨难平。

在曾喜欢的男生面前，她说自己只有坚强地看着他远走，才能对得起自己付出的爱情，一动粗，爱情就变了味。

4

我很欣赏米粒说过的那句话，别打扰我，我正在练习坚强。

坚强多练习几次，肯定会变得更坚强。

看电影《花样年华》中总忘不掉那句，"我等你，直到垂暮之年，野草有了一百代子孙，那条长椅上依然空留着一个位置"。

那是因为曾经我不舒服，你主动温柔地让我靠到你的肩上，刚好的位置，恰到好处的温柔和体贴，让我今后再也找不到另外一个人，于是，我只念着你。

其实一个人付出的感情，有时就是那个空着的位置，你抱着玩具笨熊睡觉，你抱着长颈鹿睡觉，你抱着绣花枕头睡觉，睡着了梦就醒了，日有所思夜有所梦，你最怕人家打开怀抱，你刚要扑进去就被吵醒，有时是鸟鸣，有时是雨声，有时是风吹树叶的声音，当你醒了，你会坐起来，笑话自己。

"春梦了无痕，渣男也要爱，自己是不是犯贱。"

无畏的感情也会受伤，受伤后自己一定要变得坚强，唯有坚强才配得上你当初义无反顾的勇敢。

每个人对幸福的定义不同，米粒说，只要我愿意，就是幸福，我曾经愿意爱他，我就是幸福的，现在我愿意放手，我也是幸福的。

我足够坚强，爱情就不会受伤。

她说，生活不会厚待任何一个人，也不会薄待另一个人，被生活收回的东西，总有一天会加倍还你。别打扰我，我正在练习坚强，我要坚强就会接着成长，成熟，成精，成魔，成佛，成就金刚不败之躯。

爱情只是生活的一个组成部分，就像患病的身体，脚痛医脚，头痛医头，总会有一剂药对症。如果实在找不到，就放任自流，让时间来救治，时间拥有最坚强的臂膀，靠在它身上，再痛的伤都能自愈。

"有些事情只有停下来才能看清楚，总有些重要的事情赋予我们解除恐惧的勇气。"

请给我七秒钟，我会变得更坚强。

从迷茫到坚定，
你需要的是耐心

从迷茫到坚定，你需要的是耐心，耐心找到内心强大的力量，脚下的路永远不空，还有坚定和希望。

年轻时的迷茫总带着挣扎质疑的口吻，为什么不可以这样？为什么不可以那样？其实你问他，到底要怎样？他却回答不出来。

迷茫时最容易听别人劝，一劝热血沸腾，好像出门就能把一列火车扛起来，可走到火车的面前，又胆怯地退回来。

|

年轻的我们刚走出校园就如一枚大青杏，总觉得心里是甜的，让人家一尝，好酸。

曾任职的公司对新人的面试很严格，笔试面试再加实例解决方案，其实不要求你的答案是完美的，但要求你是一个有想法有创新的人。我们对创新总是举双手赞同，于是每次面试中总有很多奇葩的考题，让你哭笑不得。

面试者问，谁能用自己的嘴咬到自己的鼻子，谁就可以通过。

新人们开始努着嘴巴够自己的鼻子，有人感觉自己站得不够高，站到椅子上滑稽地跳上跳下。只有一个面试的女孩低着头面无表情，在纸上写写画画。

面试结束，没够到鼻子的主动退出。那个冷静的小姑娘还坐在那儿，平静地说，我想要答案。应聘者互相对视一眼，有人问她，你的答案呢？小姑娘不紧不慢地说，这是一个不可能完成的任务，你们想要的肯定是人心里真实的想法，而不是无谓的尝试再加上不甘心和满怀质疑的离开。

观看电视剧《好先生》时曾有个相似的片段，陆远大厨本不想收小蔡为徒，在"女儿"佳禾的劝说下，提出让小蔡做一道以虾泥为食材的甜点。小蔡好不容易做好，佳禾竖着大拇指说好吃极了，让小蔡信心倍增。陆远问他，虾泥适合做甜点吗？小蔡回答，不适合。陆远接着说，那你还做。

真实的谎言，到底是真实还是谎言，无人得知，然而我们知道真实在心里，可谎言总会流于嘴上。

小姑娘应聘成功，走出房间，很多人都懊恼地说，唉，本来我想说的，就是没敢，总觉得会不会真有一种方法可以试验成功。

其实答案不重要，就算有又怎样，小姑娘的回答也是答案的一种，不是吗？

迷茫时有人喜欢用谎言来掩饰，很多人在迷茫时不听劝认死理，无非是他想用现实中善意的谎言来验证内心的真实，成功了心念合一，不成功就会开始怀疑初心。

2

努力不一定成功？当我们唯有努力可以支撑自己的时候，总用努力来要挟自己，一定要挺住，坚持住，你就一定能成功。没有一种成功会一帆风顺，努力是风，给我们航行的方向，可内心的理智，智慧，在迷雾中懂得不停变换航行角度的把控，才是努力中最需要的东西。

不管去向东南还是西北，抑或正南正北，绕一绕，躲过那些会伤害我们的东西，你的努力才会发挥最大的价值。

时间是提升经验值的最好武器，纵然我们失败了，也不必觉得可惜。有这么一句话，"山峰失败的风景一定比山谷的风景漂亮很多"，绝对带有觉醒的意思，很给力。

从迷茫到坚定，你还需要点耐心。

曾有个好友，投资失利，家中负债累累，熬不过心如死灰的日子。一个人去附近山区散心，骑单车，边走边看，也不知道要去哪儿，去那儿要干吗？只是朝一个方向猛蹬，车坏半路，推着走，目不斜视，嘴唇干得起厚厚一层白皮。

腰包什么时候松掉也不知道。一个十三四岁的男孩子跑着追过来，累得气喘吁吁，他感激的眼神一闪而过，接过包，没说谢谢。接着朝前走。

男孩问，叔叔你要去哪儿？

好友回答，不知道。

男孩又问，你想干什么去？

好友不耐烦地回答，不知道。

男孩看他神情不对，一路跟着不停说话，讲自己多长时间没见爸妈了；讲老爸因为一件小事揍自己；讲考试不好不敢给他们写信，撒完谎，捂在被子里哭，骂自己是骗子；同学说老家离县城不到一百里，跑着去七八个小时就到了；知道吗，叔叔我有个梦想，我家没钱，我要跑着去见我爸妈……

好友停下脚步，眼睛有点潮湿，问男孩，你觉得自己能做到吗？

男孩说：能，肯定能，只要我再有点耐心，好好练习，一定能。

好友好像看透些什么。

回去总结经验教训，又经过三次失败的不小打击，扛过来，最后收获不俗的战绩。

我们内心都有个梦想，在别人看来不可思议或者不值一提的愿望，但对于梦想者而言，那是光，那是电，那是完全可以达成的神话。

3

遇到挫折，我们会想，干吗让自己那么累，那么疲惫，简单一点就好，标准降低一点就好，马马虎虎就好，慢慢地内心开始向往一种平庸状态。平庸久了心就麻木了。

请不要让内心的平庸杀死我们的梦想。

路上的工具很多，不行换一种，怎么都会到达。

张家界的玻璃栈桥，我没去过，报道上说很多人吓得不敢动，爬着走，被拽着走，甚至被拖着死活都不敢走。我也恐高，我想自己上去一定也很害怕，那层玻璃其实就是我们的内心防线，总觉得不够坚固，不够安全，脚下是万丈深渊，掉下去生死未卜。

其实那层玻璃就是最安全的路，迈一步就好，一步的试探，远比心里不停的害怕强很多。

有个小女孩跑跳着通过栈桥，家人说，你真勇敢。

小女孩说，我在飞，不是吗？多好，我还要再飞一次。

从迷茫到坚定，你需要的是耐心，耐心找到内心强大的力量，脚下的路永远不空，还有坚定和希望。

做最好的自己，
别急着去解释

做最好的自己，别急着去解释，与喜欢的人同行，跟
爱的人结伴，追赶英雄的脚步，路上话不多，都在走。

晒老婆，晒老公，晒孩子，晒钻戒，晒婚礼，却没想到有人却
在晒老妈。

网友在底下评论，没什么资本可晒，天天晒老妈，你可不
可笑。

孙坚，晒妈的男人，我不熟悉的主持人和演员，自从看了《非
常静距离》关于他和老妈的采访，立马喜欢上这个乐观开朗心眼鬼
鬼的人。

孙坚的亲生父亲是个瘾君子，吸毒，家被糟蹋空了。小小年纪
的孙坚脚底下垫三块砖，站在上面给父亲炒菜。好不容易从亲戚家
借来的学费，一转身碰到父亲，只能用跑的，跑不过钱没了。高二
那年父亲去世，孙坚因为没钱交学费，辍学。

再过几年，妈妈找到一个好人，孙坚起初不乐意，谁不都是只有一个父亲，我是有父亲的人，再浑蛋也是父亲。继父对孙坚母子特别好，好了十年，十年说长不长，说短不短，父子情深。继父患胶质瘤，医生诊断只有三个月的时间，继父原来的家人表态，别救了，浪费钱人还救不回来。

孙坚母子对这个男人始终不放弃，孙坚打电话说，卖房卖地也要救，我什么也不要，我只要他。

结尾孙坚说道，我希望，希望我的妈妈能再找到一个爱她的好男人，她是天底下最好的女人，她经历两次亲人离世的痛苦，扛了过来。她应该有人疼，有人爱的。我就要晒她，怎么了？

解释自己，不着急于一时。懂你的人，你不说他也懂你，不懂你的人，你说再多他都不会信。

活着，无须让所有人喜欢，只需要让你喜欢的人在乎你就可以了。

婆婆本来很喜欢闺密，闺密对老人也很好。因一件小事俩人意见不合，为照顾老人面子，闺密没有说什么，答应下来。男人回家把正炒菜的闺密拽进屋里，厉声责怪为什么跟我妈吵架，闺密忍着不说。男人在气头上看女人不说，更加确信是女人的不对，气焰更旺。

屋外孩子哭，老妈叫，厨房的菜烧焦后难闻的气味满屋蹿。

闺密等男人发泄完，哄孩子，重新切菜做饭，做好一桌好菜，换上漂亮衣服，抱着孩子出门，出门手机一关，娘家不回，寻个热闹地方去看人家跳舞去了。

男人急得满世界打电话，老妈立马改口把事情的经过讲一遍，不停地说是我的不对，我也是想耍婆婆的架子，我知道儿媳妇说得对，就是不愿意拉下脸，对不起，儿子。

男人抱着头大喊一声，妈呀，你可害死我了！

闺密歇够，抱着孩子回家。男人殷勤极了，婆婆体贴极了，今天的事一句话也不说，好像没发生似的。

有的事，如果你做，请做好自己，不要着急去解释，生活中有时难以用对错来区分，无非谁多一句谁少一句，天平也会有犯错的时候，一倾斜忍忍就过去了。

忍是因为自己没错。

凤梨过生日时，前男友不知道从哪知道消息，突然出现在她和现男友的餐厅，还厚着脸皮给凤梨送礼物，凤梨怎么赶都赶不走，一生气去了卫生间，再回来两人都没了。

现男友好多天都不理她，凤梨纳闷，不想解释，很多矛盾的产生都是从解释开始的，虽然解释能找出问题真相，但爱情里的真相需要以信任为前提，不信我，解释也是废话。

等不到解释的男友主动开始找理由联系凤梨，对那天的事只字不提，一周后，凤梨发现是好友说漏了嘴。

好友主动请罪，男友抱歉地说，都是我的错，我不该怀疑你。

做最好的自己，别急着去解释，孙坚晒妈不想解释，闺密没有不敬不想解释，凤梨没有脚踏两条船不想解释。不说就是最好的回答，不说就是没有，说了就是委屈。

有人受天大委屈说成百上千箩筐的话，也不见得能把恶人抹黑你的事实说清。

我们会牢记恶语中伤的人一时，却对钦佩的人会记一生。

1968年奥运会谁获得了马拉松冠军，大家可能已经忘了，但是那个非洲来的运动员阿赫瓦里，却让我们一辈子都忘不掉，不能适应高原反应，刚起步跑就把脚给扭了，他坚持下来整个赛程，哪怕冠军获得金牌四个小时之后，他依然在坚持。路上很多人都在议论，都结束了还在跑？有意义吗？他什么也不说，只是拖着双腿一步一跛跄地朝前跑。

当记者采访他时，他说了一句奥运历史上的名言，他说："我的祖国把我送到七千英里之外，不是让我开始一场比赛，而是为了让我完成一场比赛。"

他这句话影响了几代人，可我要说的是结束后，他默默无闻的生活，每天快乐地跑步，对往事只字不提，也许他早已忘记自己说过什么，只记得自己做过什么。

后来再有记者采访他，他很利索地告诉对方，我都说完了，不必再问。解释多余。

做最好的自己，别急着去解释。

不说只做，谁的手指都可以随时捅开那层窗户纸。有的话根本不需要自己说，话一说就弱了。

道理在这边不着急解释，就是给对方机会。看清真相后，一方说句我错了，自己听着也刺耳，矛要击盾，双方不管谁胜，都会有受伤的一方。

我们都是寻找机遇的人，遇见就不放弃。

做最好的自己，别急着去解释，与喜欢的人同行，跟爱的人结伴，追赶英雄的脚步，路上话不多，都在走。

Part 2
如果爱，
那就认真去爱

爱总喜欢从分别到终老，从放弃和相依，最后哪怕两个人的世界终被

剥离，也无悔爱过的那场青春岁月

异地恋可以是
一幅画里的留白

> 异地恋不是用来考验对方的，是用来互相成长的，给
> 点留白，换口气再下水，海底世界的美好，真的需要亲自
> 去体验。

宫崎骏说过一句话："你住的城市下雨了，很想问你有没有带
伞。可是我忍住了，因为我怕你说没带，而我又无能为力，就像是
我爱你却给不到你想要的陪伴。"

I

异地恋中总存在种种困境、猜忌、质疑，甚至分道扬镳，爱情
最后被踩在脚底下，因为它太薄了，比一层空气还薄，一丝的风吹
草动，异地恋中的俩人就在各自的包围圈里，抬胳膊踢腿，原本一
幅温馨的画面总被想象撕碎，原本一首温情的歌总不能听到结尾。

刚看完野象小姐的《幸福是哑巴》，最后一段对话让我头脑变

得空白。

"其实我向你表白过。"

——"知道。"

"怎么可能。"

——"要不然怎么会挣扎两年，最后还是去找你。"

"可你戴着耳机……"

——"哪，那时候一首歌刚好放完。"

"……"

——"是上一曲和下一曲中间，几秒钟的留白。"

你是我音符跳跃中的留白，你是我换气中的留白，你是我高低音转换中的留白，你是我D调变E调中的留白，你是我一个人在博物馆看画展，久久不愿离开的留白。

我回到家里，你还在画里。

异地恋可以是一幅画的"留白"，闺密荔枝说这句话时，我有点不明所以。她说，林语堂大师曾动情地说过："看到秋天的云彩，原来生命别太拥挤，得留白。"异地恋中的男女本着相信爱情的心理，却不停地把天空涂满，一幅画太满，缺少流动的气，缺少成长的空间，反而成为缺憾。

好多女孩子都认为，异地恋太难，我在跟空气谈恋爱，我在跟想象谈恋爱，我在跟自己的怀抱谈恋爱，我总带着PM2.5防雾霾防流感的口罩，因为你不在，我变得太容易生病，病了更想念。

2

北京的荔枝好长时间都生活在纠结的世界，男友远在深圳，驻外代表，新成立的办事处事事需要参与，工作没点，吃饭没谱，连睡觉都要靠挤时间。

荔枝很爱他，可又控制不住自己的暴脾气，她吼男友，胸小的女生才需要通过挤乳沟吸引异性呢，你干吗要通过挤时间睡觉来吸引你同性的什么随行领导！

胸小无奈，睡觉有理。

男友脾气好，荔枝一闹，对方沉默无语。荔枝闹得更凶，男友常把手机设成"免提"，偷偷摸摸洗脸刮胡子刷牙，洗臭袜子抹鞋油穿衣服，连关门的声音都好轻。荔枝发泄完，总是不好意思地加句，我为你好。男友心疼地说，我知道。

我给你寄的咽喉片和冰糖菊花茶收到了吗？记得喝，每晚发视频给我，别忘了。男友最后总会提醒粗心的荔枝。

荔枝的父母提过很多次，断了吧！没未来没前途！

亲朋好友都在劝，楼下的房东李奶奶总不停地说要把孙子介绍给她，说看她一个人怪孤单的，好姑娘怎么会没人疼的。碰到爱唠叨的李奶奶，荔枝总是撒谎说，我忘了关灯，我忘了关水龙头，我忘了关液化气，我忘了关门，我忘了拔钥匙，掉头就跑。几次以后，李奶奶开始躲着她，背后跟老邻居议论，这么不靠谱的姑娘，介绍给我孙子，太掉价。

掉价，跳楼价，也有人要。

异地恋在爱情失败的男女嘴里就是考验，不立马接电话是不在乎自己，不立马视频是撒谎是欺骗是不敢实话说出自己在哪儿，生病不来看是不把自己放在心上是不敢承担责任的表现，不愿意跑2000里地只为待4个小时是不爱自己的表现，爱是需要表现的，我看不到我所希望的表现，就是你不爱我。

异地恋我不怕，时间长点我也不怕，就怕你经不起考验，多少男女被无休止的考验给带入沼泽地，看着美景，一脚踏进去，就要了小命，活着的都是互相救助的一对。

不敢救对方，就是放弃。

爱情很美好，人不对，都是错。

3

荔枝跟我们几个好姐妹分享心得，说爱情本就是一场车轮战，小卒子过河为的是闯将营，夺将命，砍将头，特种兵作战就应该相信他。

《太阳的后裔》中，大尉和女主三次分手，连看场电影都得从第一集预谋直到倒数第三集才结束，有心动有深爱有不舍有生死相依，有感动有泪奔有放弃有荣辱与共，绝对带有异地恋的版本，女主该干吗干吗男主该战斗战斗，各自成长直到实力旗鼓相当，达成共识真爱坚不可摧。

异地恋不是用来考验对方的，是用来互相成长的，给点留白，换口气再下水，海底世界的美好，需要亲自去体验。

那段时间你天天吃麻辣火锅，满嘴起大泡，你嘎嘣嘎嘣嚼冰块时，我电话打给你，你说，我等你很久了，等你骂我，等你吼我，你骂人的声音真好听。或者说声，唉，真不听话！剩下全是沉默。

温柔的话说一遍是甜言蜜语，说十遍八遍就变成砒霜毒药，药劲太猛，能要人命，让人在美梦中惊醒，奈何桥上打转转。

认识一个女孩子，说话发嗲，什么都是疑问句，说是满满的关心，其实就是纯粹自问自答，自我美化。

女孩子去超市买东西，给男友买吃的，疑问模式开启。

女孩说，亲爱的，我给你买个提子面包吧？

对方答，好啊！

女孩说，面包啊，不好？听人说好多商家把过期面包回收搅碎后再加进去，想想就恶心！亲爱的，我还是给你买饼干吧？

对方答，好啊！

女孩说，饼干啊，不好？里面那么多防腐剂、添加剂，本来保存几天的东西愣给加工成保质期12个月，听人说三年前的月饼还没变色，想想就可怕！亲爱的，我给你买……

结果女孩什么也没买，三天后正好跟她一起排队买煎饼。服务员戴着一次性手套、口罩、头套，蛮卫生蛮正规的，轮到她，她命令服务员把手套换新的，自己不吃葱不吃香菜，原来的满手都是，闻着都恶心；自己要脆片中间的那个，外面的早被空气污染了；自己要把脆片折三折，因为喜欢"3"这个数字；还有更奇葩的，非让服务员给套上两个纸袋，说有油，弄满手，看着都恶心。

等都按她的要求做了，临出门她找店铺负责人告状，说服务员对自己的要求不热情，不积极，跟个哑巴似的，愣把服务员气得要脱衣服找她算账。第二天人家脸不红心不跳照来，要求照提，不满意就投诉，说顾客就是上帝。上帝都在天堂，你怎么不去天堂待着去。

她嘴里说这不好，那不好，其实吃得比谁都多，比谁都快。

她男朋友被派到外地，没过一个月就跟她提出分手。

太满，话太满，担心太满，关心太满，提醒太满，要求太满，爱也太满，怨也太满，满得让人喘不过气来。

4

爱情里，有人怀疑付出得不到回报这个问题。

其实一段成熟、美满的恋情必须经历四个阶段，共存期（甜蜜期），反依赖期（矛盾潜伏期），独立期（矛盾突发期），共生期（稳定期），这四个阶段相互交融又各自独立，交融时要搞清主题，独立时要分清主次。男人和女人一样，要甜蜜我们就给他甜蜜，要独立就给他独立，要扶持就给他扶持，如果相信付出和回报不成正比，那么我们还应该相信什么？

没有什么可以打消我们对爱情追求的信念，失败也不行。

荔枝和男友分分合合，大吵三次，小吵不计其数，最严重的一次冷战超过半月，最后俩人还是分不开。现实中根本没有一个木头人，让你发牢骚，抱怨，鄙视甚至讥讽时，心甘情愿当哑巴，自己的小心思总想让别人去猜，猜不对就生气就咆哮就天崩地裂，其实外面正是蓝天白云绿草茵茵，你侬我侬的时候，根本犯不着。

靠得太近，未必伤得不深。

离得远些，未必爱得不浓。

异地恋中如果学不会独自成长，再好的爱人也害怕你过度依赖，不要让女人变成男人的绕藤花，不让靠就自动摔在地上，冬天过去了春天谁都想闯闯，做个独立、自主、信念坚定，有情怀的女子，远比做一朵温室鲜花来得痛快，因为我们敢哭，我们敢笑，我们敢自嘲，我们敢远行。

知冷，知热，远不及知我懂我。

我们需要男人懂自己，更需要自己懂自己！

一个人喝茶，一个人喝咖啡，一个人吃干拌面，一个人打扫卫生，一个人听首歌，一个人欣赏一幅画，听身后的人们议论，这幅画有什么好的？其实只有自己知道，喜欢的是那幅画里的留白，像一片透亮的云彩悬在头顶。

男人说我在努力，努力工作，努力拼搏，努力为未来开路。

女人说我在努力，努力生活，努力美好，努力学会自我成长。

男人不愿被圈养，男人情愿自己是一匹野马，你回来，我迎你，你不来，我跑向你。马蹄哒哒响，这幅画里的留白我喜欢。

请和暗恋者
谈场恋爱吧

跟暗恋自己许久的人谈恋爱，谈的不是风花雪月，谈的是对方的包容，对方的体贴，对方的坚持，对方的如一，对方心相念爱相随。

"喜欢"不管从什么时候开始，结束就变得遥遥无期。
其实真正的暗恋就是：我的骄傲，无可救药。

I

大学好友草莓姑娘暗恋上那个人，几年的关注点都放在他身上。那个大男孩喜欢的姑娘早成了别人手心里的娇宠，他远远地望着，草莓远远望着他，多么生动的坐标，一样的姿势连日出日落都留下相似的影子。

舒淇扮演的女主在《非诚勿扰》中为已婚男人伤心，要在向往的北海道做个了结，纵身一跃，心伤身伤，被葛优扮演的男主收下。人家好看又善良，殊不知女孩子的好看就是一张响当当的名片，能享受贵宾级24小时专人服务。

草莓没有那么幸运，她很普通，可普通也是一张安全牌，她穷游，喊男人大哥，对方把中性打扮的她视为浑小子。

她去古镇游玩，刚上火车坐好，就听隔壁的漂亮女孩打电话。

"喂，你到哪儿啦？"

"五分钟，我警告你，我只有五分钟的时间，如果你到不了，那你一辈子就见不到我了，你看着办。"

挂断电话的女孩30秒后手机又响了："你到底是不是真喜欢我？喜欢我不来看我！算了，算了，我看你也是个大骗子，滚吧！"

对方不停地打电话，女孩连连挂掉，然后手机关机，跟同行的女伴炫耀："瞧见没？还爱慕者，狗屁，我让他立马到我眼前，办不到说什么喜欢。"

同伴说："五分钟火车早开了，他就算来了也不可能见到你。"

漂亮女孩轻蔑地说："那是他的事，跟我没关系。"

爱情里谁低三下四谁就输了，放弃自尊跟爱情谈平等，就像拜天求雨一样，心思再虔诚，终会失败。

爱慕者不是奴仆，我弯腰屈膝只为博美人一笑，烽火连台，战事再起，你跑步打的狂奔外加好话说尽，只为见一张含霜的茄子脸，再美，也是打蔫货。

2

草莓姑娘想到自己，放下一个人，就像搬家总有一两件旧物舍不得丢下，不丢下就只好带着，磨损着青春里曾爱慕过的边角。

她还是喜欢着他，在他的朋友圈里点赞，霸屏般地点赞，在他朋友圈里发恭喜，发祝福，发红包，发各种奇怪的表情，发搞笑的段子和感动中国十大人物的视频。她心里说，我不要感动全世界，我只要感动你。

　　对方早早结婚，有对可爱的双胞胎女儿，草莓争着要当干妈。顾名思义干掉妈妈的意思，草莓想想就傻笑。

　　对方的日子越来越好，草莓的心也跟着美好起来，出行的次数多了，渐渐的心野了，大美中国奇人异事，有多少人要争个吉尼斯世界纪录，我们不过是永远的看客。

　　暗恋做得再惊天地泣鬼神，再惊世骇俗，再海枯石烂，也只是围栏里的一只小怪兽，被人绑着脚镣手镣，再在身体上烙下印记，可它会一天天地疯长，慢慢地会忘掉疼，会摆脱枷锁，会朝着一个方向，出逃。

　　它会本性暴露，它会杀生，它会围着自己的领地，撒欢打滚，它会站在石板桥上邀请很多人。天黑了，它不会留下任何一个人，包括你我。

　　路上一个人，心里有个伴，也挺好。

　　草莓后来遇到一个男人，会和她一起吃烤焦的玉米，会一起趁天黑偷山里的大南瓜，会在泥池里用脏水洗脸，会在山谷里大喊大叫，会攀岩会探险会潜水会耍酷，会和叔叔阿姨跳广场舞，会在迪士尼乐园里看儿童剧。

　　那天日本的天气很好，走散的草莓一个人坐在石板凳上，听舞台剧播放的迷人音乐，没承想一位日本知名男明星偷偷带着女友来玩，累了俩人坐在她身边，她不认识，只见疯狂的粉丝围拢过来，把她圈在最里面。

男明星拉着女友的手，漂亮的小姑娘看着不知所措的草莓，突然拉起她的手，三人一起狂奔，后面的人追，他们在前面跑，更没想到那个漂亮的姑娘竟然是个台湾人，扭头冲跑得腿肚子抽筋的草莓大声地说："对不起，打扰到你。"

草莓被悄悄地推进竹林，对方做着嘘的小动作，男人给女友擦额头的汗，含糊不清地朝草莓说句，谢谢。

俩人如神仙般消失在眼前。

3

回国的草莓一直觉得自己肯定在做梦。

她把经历发在论坛上，批评声一片。只有一个人回复，我不信，除非你能再次出现在那里，第六排第三个位子，8月3日。

草莓一赌气，真跟闺密借钱在指定的日子去了那个有点传奇色彩的地方。天很阴，云就像个斗大的帽子戴在头顶，自己再多动一下，雨点就像狂乱的辫子抽下。

草莓心里骂自己有病，神经病。

她低头懊恼时被一声轻轻的喂打断。这里，雨里，俩人相逢，男人脱下衣服挡在他们头顶，冲向空旷无人的舞台。

草莓扮演白雪公主，男人扮演王子，俩人一幕一幕地彩排。

男人其实早在当天的新闻里看到草莓的样子，草莓被拽着跑，手里却扬起粉红的丝巾，那个画面，真美，就像自由女神复活。

男人知道日本的天气，晴，摄氏23度。中国北方的城市，阴雨绵绵，摄氏12度。男人暗恋很久的女孩在异国的旅行怎样，他无法预知，只好上网查日本的气温，翻看她去的旅游景点的图片，偶然点开网上那条新闻，才看到闪着光芒的女孩子。

他决定表白，在异国他乡。

异国他乡的俩人走没有走过的路，吃莫名其妙的东西，挨个串每家铺子，上火山吃消灾避难的熟鸡蛋，还去相扑馆看美女向肥胖的相扑手投怀送抱。

草莓说，你下流。

他说，相扑手的寿命很短，但这是他们一生的荣耀，美女的最爱。我现在是很胖，但是我寿命长，会照顾人，不贪嘴，不吸烟，少饮酒。如果非原则性的应酬和女朋友比起来，我一定选择后者。

我穿39码的鞋子，你也穿39码的，我不介意穿你剩下的鞋子，所以我还省钱。我会做饭，虽然品种不多，口味不佳，但我的创新意识和动手能力强，我热爱厨房，热爱为你服务的厨房，做我女朋友一定饿不着。

我们都是吃货，吃货配吃货，绝配。

草莓感动得哭了，她知道他对自己好，只是不知道会这么好，好到都没办法说拒绝。

她跟自己说，一个人的爱情见鬼去吧！

她说自己真幸运，喜欢自己的人出现不算晚，自己喜欢上他也不算迟。

一个城市晴朗，一个城市阴雨，我们在晴朗的城市生活，在阴雨的城市谈恋爱，真好。

暗恋本是一场骄傲的表演，我精彩我邀请你来看，我落魄我躲你老远。如果暗恋者能回头看看你，你会乐得心里开花；如果暗恋者漠视你，你会痛苦得茶饭不思。暗恋者走的路，你偷偷模仿他的姿势走一遍；暗恋者读的书，你买回来大段大段地背诵。

4

有个长相特糟糕特别胖的女孩子经常来草莓的小店，找她零钱换整钱，时间长了，熟悉后才知道，原来姑娘暗恋上对面银行里的小伙子，只为多看他一眼，多说一句话，居然想到定期找他换零钱这个主意。

她从不说，以自己230斤的体重、超他两倍的腰围，对方根本不会瞧上她，但是她喜欢他，就是喜欢，跟追星崇拜偶像一样，他是她生活中的偶像。

他们之间的交流特规矩特简单。

女孩子说，麻烦，我要换零钱。

小伙子问，请问换多少？

女孩子说个数，换完，放进包里。

小伙子说，请问还有别的业务需要办理吗？

女孩子摇摇头，用在家练习无数次的最优美的微笑。

小伙子说，谢谢，欢迎下次光临。

然后右手抬起，以小学生回答问题的帅气姿势，起身站起，迎接下一位顾客。

喜欢就是听听他的声音，看看他点钱的动作，等那句谢谢，然后离开。女孩立马背着双肩包满世界地找地方再把自己的整钱换回来。

只为在人群中多看你一眼，再也没能忘掉你容颜。

草莓的闺密说，长那么丑，怎么好意思喜欢人家，人家知道了该多难过。

草莓反驳，丑也有喜欢别人的权利，我丑所以我喜欢你放在心里，不惊扰，退得要多远有多远，我不会主动搭讪，不会主动拦截，不会主动示好，只是在我自尊允许的范围内出现，再见，我们还是陌生人，时间长了，我成了你嘴里的换零钱姑娘，这个普通的借口足以让你我对坐相识时间长一些。

换下衣服，再见，我只会绕着走。

喜欢你没道理，理智的喜欢更没错，任何人都适用这条法则。

5

丑女人也有木棉花的春天。

闺密跟草莓男友第一次见面，闺密吐槽，草莓笑笑，真的吗？

草莓知道男友最爱自己，自己也慢慢跟他很合拍，甚至为了她男友还去健身减肥，草莓跟暗恋自己多年的好友谈恋爱，她说这种感觉就像普通的地瓜烤得皮脆喷香时，地瓜跑到嘴边，调皮地来句，亲爱的，咬我吧！

到我碗里来，乖乖地!

跟暗恋自己许久的人谈恋爱，谈的不是风花雪月，谈的是对方的包容，对方的体贴，对方的坚持，对方的如一，对方心相念爱相随。

他说，我的骄傲无可救药地都没了，为了爱你，我赢回全世界。

男友说，我减肥，好吃的都归吃。

草莓说，我太撑，剩下的都归你。

我等你，
跟你等我一样久

爱情很简单，简单到等不到也要等，等天明，等天黑，等天昏，等地暗，如果还等不到，那就告诉他，我等过你，原来等待也是一种别样的生活。

韩国电影《初雪》中最后一幕，年轻的男子在大雪纷飞的庙宇前等心爱的姑娘，等了好久，后来发现姑娘穿着单薄的白色大衣躲在大树后面，男子心疼的眼神都能在半空中把雪融化："傻瓜，多冷啊！你到底等了我多久？"姑娘朝前迈两步站定，坚定地回答："我等你，跟你等我一样久！"

真的好久，久到，你不来，我就不离开。

Ⅰ

瀑布姑娘全身上下最吸引人的是头发，好像把一条川流不息的瀑布背在身上。她高高瘦瘦，腿特细，最讨厌我们喊她竹竿腿，还有飞机场。夏天女生都爱穿裙子，那是她的禁忌。

她的嗜好是静坐，盘腿，双手放在膝盖上，平稳呼吸。她静坐前会警告我们，不许说话，不许吃东西，不许打嗝，不许放屁，更不许接电话，十五分钟，她用二十块的美食买我们三个的十五分钟，反正我们觉得很值。

我们问她在想什么，能不能讲讲那个神秘的世界，她笑笑，长满雀斑的小脸被她长长的秀发盖住，跟日本片里的贞子似的，好吓人，我们喊的一声发泄心中的不平，不说拉倒。

直到，她喜欢上一个男生。

晚上开始插嘴我们的夜谈会，总不时甩出火爆的问题让我们回答："你们说，男生是不是都喜欢胸大的女生？"当然了，漂亮，女性独特的美，对了，还好用；不对，不对，没品位的男生才只看重女生的身材呢！只要他喜欢你，你长成从十八楼摔到地上的西红柿，他照单全收。你们说，男生是不是不喜欢主动的女生啊？男生是不是不喜欢女生脸上长雀斑啊？男生是不是……

我们齐声说，招了吧，你到底看上哪个猎物，不行我们替你绑了。

瀑布姑娘娇羞地回避，没有啦，你们欺负人。

反正从那以后，瀑布姑娘的内衣里塞满厚厚的海绵垫，垫高，垫挺，垫翘，试着穿及脚踝的长裙，配银色绑带小凉鞋，脸上抹厚厚的BB霜，让雀斑消失，脸变白，男生都诧异原来没有丑女人，只有懒女人，现成的鲜花让别人采，心里都不服。

素人换新颜，不为情郎为哪般。情郎，你在哪儿？

2

瀑布姑娘主动表白的那天晚上，回到宿舍蒙着被子干号，把我们仨给吓的，吃大米饭都是一粒一粒，一分钟咀嚼蔬菜的动作不到五下，还是牙齿跟牙齿稍微一碰，梗着脖子使劲下咽。

男生拒绝的理由是不喜欢太瘦的姑娘，瀑布姑娘哭完向我们三个胖子请教变胖的秘籍。

求胖之旅一开始，我们也没勒住腰带，看着瀑布姑娘在美食面前那一指甲盖的饭量，我们生气地怪她不长进浪费粮食，结果一个月后，我们每人长三斤，她一两没变。

我们痛苦地减，她痛苦地加，202宿舍的日子充满争吵和批斗，再吃点，别吃了；看你瘦得，看你肥得；我要第一个过秤，我不要过秤；明天吃大葱烧豆腐，不，明天吃红烧肉……反正不同的声音，二次元的世界在一个空间里碰撞，连去食堂打饭都在师傅的大饭勺前争吵半天，师傅拿勺子敲锅沿，有事没事，没事一边玩去，我们四个乖乖溜到最后面重排。

瀑布姑娘可不是头脑简单的姑娘，她很注重内涵修养的培养和塑造，第一次打工的钱全请我们吃了西餐，牛排配红酒，还带我们去瑜伽馆健身馆书吧读书会，以及驴友团外出爬山。

学校里的封闭世界除了爱情，其他我们都不如她。

她到底喜欢的是谁呢？

直到，有人在楼下找她，她才实话实说。

3

那个男生是她高中的暗恋对象，本来对方考入另外一个城市的大学，她没有表白，男生没有表示，无疾而终，只能算是暗恋，但瀑布姑娘从没有放弃努力，她相信坚持就一定能胜利，爱情也需要坚持，日久见真情，我爱你跟日月同辉，天地可鉴。

一次偶然的机会，她发现男生到我们这个城市实习，只在人群中看了你一眼，她就知道，是他，她在拥挤的红绿灯口，偷偷跟着那个男生走好久，对方拐进一个药房，她守到门口，不敢进去，一发慌，口渴，想喝水，买完水再回来发现对方不见了。

她想办法加上他的微信，两人干涩地聊几句客气的话，剩下的全是沉默。瀑布姑娘把想说的话打上再删掉，打上再删掉，在对方那儿显示的一直是"对方输入中"，男生以为瀑布姑娘在打字，只好等，瀑布姑娘打完删，删完打，实在想不出说什么好，十分钟后，男生发过来："我有事先忙，改天联系。"

这一改天，改到三天后，知道他很快要回去，瀑布姑娘不愿错过机会，想表白，想让爱神的箭射到喜欢人的心上。

她去翻高中群的历史消息，发现他有这么一句，不喜欢瘦的女生。瀑布姑娘才开始自己漫长的求胖之旅。

4

男生很耐看，不算高但也不矮，皮肤很好，白白的，很干净，瀑布姑娘急忙招呼我们给她化妆换衣服，我和老大负责眼睛和眉毛，老三负责雀斑脸和嘴唇，分工明确，主题鲜明，打造大眼有神肌肤透亮无杂质的小脸美女。由于时间仓促，大家只考虑局部没考虑整体的搭配和色彩的统一，反正瀑布姑娘的那张脸让人不忍直视。老三偷偷把镜子藏起来，心虚地说，不好意思，昨天镜子让我给摔碎了。

我们都夸好看，好看，瀑布姑娘真信了。在喜欢男生的面前，瀑布姑娘表现得仪态大方，谈吐优雅，就连告别的话说得都有节制，一句不管多晚，我都去送你。

三天后，凌晨1：45的火车，瀑布姑娘下午5点就到了，她坐在候车大厅，只要是没人的位置她都小坐一会儿，人不多，她数着89个座都坐过一遍，只要一想到自己跟喜爱的人刚刚在一起坐过，还是同一个座位，多幸福的事啊！

她等到凌晨1点钟，那个喜欢的人突然坐到自己身边，她有点害羞有点紧张。

男生说，真早。

她说，是啊，你也挺早！

男生说，没必要来送我。

她说，一定，一定要来。

男生问，为什么？

她说，因为不再见。

相见不如怀念，怀念不如不见，不能相爱何必再见，再见面称呼你一句旧爱，你认吗？

瀑布姑娘胡思乱想的眼神，迷离，幽怨带点不服气的小执拗，男生看着心里感觉很疼，一种不能再见，舍不得的疼。

5

晚上，很冷，瀑布姑娘穿得少，直跺脚，男生也没有动作要照顾一下她，不说话，连空气都是冷的，瀑布姑娘心想，情商这么低的人是不是不适合做心里的那个人？

广播已经提醒要检票，瀑布姑娘站起来，哆嗦着说，走吧，祝你一路顺风。

男生站起来，似有什么话要说又给咽下去，拎着行李朝前走。

走了三步，转身，姑娘还在；走了六步，转身，姑娘还在；走了十步转身，姑娘还在；拐个弯，回来，姑娘还在。

男生飞快地跑到瀑布姑娘的面前，大声问，你为什么还不走？

瀑布姑娘说，等你走了，再也看不见了，我就离开。

男生说，我什么时候看不见？

瀑布姑娘说，你有心爱的人，结婚了，我就离开。

男生迅速把身上的衣服脱下来，裹住她，紧紧搂在怀里："傻瓜，天多冷啊！你到底等了我多久？"

瀑布姑娘有点蒙，撒谎说，时间不长。

瀑布姑娘问，你来了多久？

男生说，我来的时间跟你一样长。

我喜欢你，两人异口同声地说出，对视一笑，紧紧相拥。

6

爱情很简单，简单到等不到也要等，等天明，等天黑，等天昏，等地暗，如果还等不到，那就告诉他，我等过你，原来等待也是一种别样的生活。

表白，是女生也是男生在喜欢人面前的一次重要演出，没有观众，只有两颗心，两份情，两生缘，告诉他，我喜欢你。

不要让"我曾经等过你""我曾经很喜欢你"，变成现实，把即将消亡的爱情抢回来，才是求胜的不二法则，对喜欢的人说爱，是天经地义的事。

爱你是我的事，无关你。爱你是我的事，刚好你也喜欢我，真好。

爱是天堂，
责任是人间

爱是天堂，责任是人间，我们不依恋好的人生，更不畏惧坏的坎坷，生命不息，奋斗不止，我们背负责任，朝着爱的天堂，活成他们希望的样子。

I

"如果世界容不下你，生命由不得我。那么我永无止息的爱，就是你的天堂。"

昨天，我重温李连杰和文章主演的《海洋天堂》，李连杰饰演的父亲身患肝癌晚期，文章饰演的儿子大福从小患有自闭症，影片一开始就是父子俩跳海，还好儿子解开绑在父亲和自己脚上的绳子。

这是多大的无奈才让生者用死的方式来寻求解脱，但不死，就是儿子想活着，活着父亲就有责任把儿子安顿好。找福利院，找残障学校，找养老院，找所有可能能给儿子下半生的生活场所，还是曾教大福九年的老校长出面，才进到一所条件相对艰苦的民办学校。

儿子每晚睡觉前，都会举起两个胳膊，让父亲给脱衣服。外面第一晚，父亲不在，大福不睡，大福烦躁地碰头咬牙嘴里咕噜，眼神特吓人。父亲一到，儿子抬起胳膊，无言的动作，父子俩哭了，谁也舍不得谁。

放不下，就放在身边，父亲在海洋馆当电力维修工，他想让儿子在海洋馆打扫卫生，跟自己在一起。父亲指着游动的大海龟，说，儿子，爸爸过两天就变成这个海龟了。

患重病的父亲穿上厚厚的海龟服，跟喜欢水的大福一起游，拼命地游，儿子游得很快，父亲游得很慢，自己是海龟，海龟永远在，它在慢慢游，陪着儿子慢慢走。

父亲走后，大福瞬间学会父亲生前怎么教也教不会的事情，开锁，挂钥匙，睡觉，煮鸡蛋，坐公交，打扫卫生，还有看海龟水里游。

以前，公交司机喊，上东路到了，有没有人下车。大福不吱声，被人家骂。现在，公交司机喊，上东路到了，有没有人下车。大福立马说，下车。

以前，父亲最烦把毛绒玩具狗放在电视上，父亲拿走一次，儿子放一次。现在，儿子出门把毛绒玩具狗放在电视上，回家第一件事就是再把大狗拿下来。

以前，父亲教儿子煮鸡蛋，儿子把鸡蛋抛到空中，看鸡蛋摔碎。现在，儿子想着父亲教过的步骤，一点一点地来，站在旁边，嘴里小声地数，一、二、三、四、五、六……那是父亲和自己靠在一起，一块摇晃身子数时间的步骤，他永远不会忘。

海龟还在游，父亲就在，儿子不孤单，这是父亲生前的责任，他做到了。

2

大学刚毕业看韩国电影《傻瓜》，喜欢上乐呵呵的"傻瓜"承龙，他只会做三件事，照看妹妹，等10年的芝浩回来，卖治疗胃口的三明治。

他做得都很好，因为意外，他在最幸福的时候离开人间，从那以后，所有人都活成他在世时希望的样子。

原来大家总在嫌弃着什么，对于妹妹，嫌弃他是傻哥哥，一个连自己都照顾不了的傻瓜；对于从小喜欢的女孩子，嫌弃连她送的鞋子都保护不好；对于好友，只能陪着躺在山坡上，听他唱《小星星》。因为他傻，但是他真的傻吗？

他傻，收垃圾的大爷每次捡到他跑丢的鞋子总还给他；他傻，医院的老院长会认真地问他，你每天笑累不累，他答不累；他傻，好友善书把他当成最铁的朋友；他傻，喜欢10年的女同学，会在雪地里沿着他走过的脚印滑行，会唱他不离口的《小星星》，会给他烫伤的手上药，会给他洗头洗脸；他傻，全校的孩子、村民甚至恶人都最喜欢吃他做的三明治。

这是一个可爱至极的傻瓜。这是一个有关星星的故事。

当时我只是感动，感动得稀里哗啦。妹妹生病，承龙光着脚背妹妹去医院，被学校人拦住问，你是谁，他不停地说："我是她哥哥，承龙，她是我妹妹，真伊。"当他出事，在警察局妹妹也不停

— 063 —

地说，"他是我哥哥，承龙，我是他妹妹，真伊"。

那一刻，妹妹对哥哥的理解，对哥哥的愧疚，对哥哥的爱表露无遗，虽然他是别人嘴里的傻瓜，但此时此刻，他是哥哥，是全天下最好的哥哥。

现在我从《傻瓜》这个片子真正感受到的是责任，他知道自己是妈妈送给妹妹最好的礼物，要好好照顾妹妹，这是他的责任，再傻也不敢忘。

3

老家有个远房奶奶走了，她跟所有老人一样，爱笑，爱说，会讲岳飞精忠报国的故事。对了，她还爱用蓝手绢，喜欢坐村头的石头凳，是个起身会拍拍屁股上尘土的那个小脚奶奶。

她走了，大家都很伤心，唯有个人总在笑，咧着嘴，露着白牙，反嘬大拇指傻笑。

我该叫她姐姐，她却不会答应。姐姐三岁高烧，烧坏脑子，傻了，除了吃什么也不懂。女孩子那事来了，裤子总弄脏，都是奶奶换奶奶洗，附近的大妈大婶劝奶奶把傻孙女嫁出去，毕竟是女人，总会有男人要的，奶奶不肯，说要自己养。

我的那个傻姐姐除了有个爱自己的奶奶，还有爸爸妈妈和妹妹，农村没什么好办法，奶奶很早就说过，我活着，我照顾，我不在，她爸妈照顾，她爸妈不在了，她妹养着。

她妹满口答应，她嫁人的最重要条件就是要同意照顾姐姐一辈子，后来好男人真有，她找到了。

她觉得自己不仅仅是在照养姐姐，更是在完成奶奶、爸爸的心

愿，这是她的责任，义不容辞的责任，不容推托

我问她，委屈不？

她笑着说，委屈老天待我姐太薄，害她无法享受人生；感谢老天待我真好，让我还能健康地照顾她。

委屈，难道不是为了亲人的幸福吗？我们用委屈这两个字眼来心疼受苦的人，可苦难中的人往往觉得这并不是苦，这是责任，这是义务，这是天经地义的事。

4

曾经的中国女排主教练86岁的李安格老师参加《中国梦想秀》，他专门提到自己的宝贝女儿，东东，47岁，先天性大脑发育不全，称她为全家的开心果，大家都喜欢她。

她妈妈骄傲地说女儿有很多特长，屏幕上白发苍苍的老人搂住矮胖的黑发女儿，认真地问，爸爸打什么球？女儿回答排球(volleyball)，妈妈再问，妈妈打什么球，女儿回答篮球(basketball)，妈妈接着问，小妹打什么球，女儿回答红气球(balloon)。

东东三次搂着周立波老师的脖子，说波波老师，可以拥抱一下吗？我喜欢你。

周立波贴心地喊她姐姐，临下台，飞一样接过后台人员送的零食送过去："姐姐，我给你搞定了，我们梦里见。"

李老师说，感谢上天赐我个开心果，如果我的女儿是正常人，现在没准我们就是孤寡老人，现在每天有个开心果陪着，真好，我们真幸福。

李老师还说，我们的责任就是照顾好她，好好地陪她。

5

大福每天一个人进门，一个人吃饭，一个人出门，一个人上公交，一个人打扫卫生，一个人看海龟游，因为他知道父亲就在那儿，在他能看到的地方，他知道父亲希望他这样，这样努力地生活下去。

傻瓜承龙按照母亲教的步骤，做三明治，照顾妹妹，从不为自己花一分钱，当妹妹病了，把钱拿出来给她看病，他做好了，他每天都在努力。

先天性大脑发育不全的东东，还在努力学沟通，学交流，学英文，甚至学怎样跟别人拥抱，说我好喜欢你，难道她不正在努力吗？

家人要付出多大的努力，才能让他们前进一点点，我们又怎能轻言放弃？对于有缺陷的人还在努力，我们怎么好意思轻言放弃。

其实，我们总想换种身份来爱家人，可再大的头衔再亮的字眼都不及，女儿、儿子、兄弟姐妹，这些个身份来得高贵。

人生，就是一场仗，我们总觉得打赢这场，可以歇歇，往往会有新的挫折等着你，时不我待，刻不容缓，有时候，我们需要背负很多人的希望和责任生活，坚持，努力，以及付出。

世间没有完我，我们在小我的世界里成就普通人的胸怀。

爱是天堂，责任是人间，我们不依恋好的人生，更不畏惧坏的坎坷，生命不息，奋斗不止，我们背负责任，朝着爱的天堂，活成他们希望的样子。

真爱是骨肉相连，
不离不弃

> 真爱的人，只会把彼此嵌进对方的骨肉里，削骨剔肉时，一起喊疼，一起说爱，一起说希望。

I

"喜欢过"属于英语语法中的过去完成式，过去并完成那就是终了，但喜欢过的人还在那儿，有时突然被绞痛的小情绪给带出来，太阳穴一跳一跳地疼。

现实中的爱情会钟情于女人，也会动情于男人，情到深处自然有浓时，甜蜜中，我们都觉得天上的白云比棉花糖还甜；分手后，总有一方感觉江水东流比蜗牛还慢，想着摆摆手雾气散两边，思念的人正缓缓走来。

小雨是棉花糖的时候，男友就是一块橡皮糖，他黏着她的小心思，黏着她的小爱好，黏着她泼辣的小性子，可现在小雨说自己成了一块被人家嚼过的口香糖，被吐到垃圾桶，怎么也气不过。

小时候小雨最爱喊我胖姐姐，喊一声我就亲一下她粉嫩的小脸蛋，她再喊我再亲，总觉得能喔出水来。

她学习好，漂亮，喜欢她的男生无数，她的人生字典里充斥着"拒绝""讨厌""不喜欢""你不是我的菜"，男生必须先喜欢她，她再公主般回应，那还得看心情，可这一次，当她真正动心时，却被更高傲的农家娃拒绝。

她说，我可以看见高贵之外的事物，可我实在看不见卑微之下的尘埃。

她说，麦苗和韭菜本来长得就很像。

分手时，小雨追问男生："凭什么？"

男生说："我们不合适。"

小雨心有不甘，继续质问："凭什么，是你？"

男生说："凭喜欢的开始是我说的。"

男生最后还说："祝你幸福。"

"曾经的一场爱最终换来一个中性的祝福语，我用得着你祝福吗？我养的猫会祝福我，我养的狗会祝福我，我养的花花草草会祝福我，就连围着我转的苍蝇和喝我血的蚊子都会祝福我，你，连它们都不如！"小雨泪如雨下声嘶力竭地大喊，最后一句"我真的喜欢过他"，我听得最清楚。

小雨让我务必陪她去找那个男生，我问："干什么？"

她说："了断，我得了断。"

我拗不过死丫头，远远站着，看小雨在男生楼下喊那人的名字，一个漂亮的姑娘在荷尔蒙暴涨的男性领地公然邀请男人，无数的窗子打开露出板寸、秃头、卷发的小脑袋瓜。

一个男生慌乱地跑出来，拽小雨离开，小雨纹丝不动，大声喊："我今天找你，是告诉你，我要跟你分手，你听着，我要跟你分手。"小雨的声音很大，楼上男生们立马把窗子关上。男生不卑不亢地说："好，我听到了，谢谢你把我希望的结局告诉我。"

小雨哭着跑走，男生宿舍的窗子呼啦全打开，众人朝楼下的男生大笑。

2

我考虑再三，决定说说表妹的故事，因为旁人眼里的上万步路在她眼里都是原地未动，她曾只迈出一步，生和死就成了友敌。

表妹童和树是自由恋爱，高中同学，那时都是地下情，打着各种小掩护，保密工作做得很到位，直到童大四带树回老家，被爸妈一顿臭骂。

童考上的是重点大学，树无非一个三流的专科学校，家境也不好，兄妹还多，这样的人给不了你要的幸福，干吗看上他。

表妹从小就知道爸爸妈妈和两个哥哥都疼自己，但是越疼越不能放肆。她清楚地记得小时候自己患重病，需要输血，她躺在床上睡觉，听见医生在跟父母求证为什么血型不符，父亲小声跟医生解释，她是抱养的。

可她爱这个家，爱他们，他们更爱自己，她的幸福就是不让亲人为难，她决定放弃。

可她没有放弃的理由，于是她给自己制造理由。

她开始变得蛮横任性不讲道理，男友毕业后在她学校附近找份工作，很辛苦，下班去宿舍楼下等她，她有无数个不见的理由，我感冒了，我不舒服，我肚子疼，我腿疼，我腰疼。反正能疼的地方和不疼的地方她都统统用上，男友不想为难她，默默退出。

童在体育课上考核背跃式跳高时，直接摔在水泥地上，当时整个人不能动，老师同学赶紧把她送到医院，要跟她家人联系，她摇摇头含泪拒绝，宿舍的女生轮流陪她。当晚偶然得到消息的男友魂不守舍地闯进医院。

男友生气地打自己一巴掌，红着眼说，都怪我，全是我的错。

童哭着嚷他，一个大男人哭哭啼啼像什么样子！

他说，我也不想，就是心疼你。

万幸没伤到神经和骨骼，一个月后童顺利出院，两人和好如初。

3

孝顺的童毕业后，还是听从父母的安排去郊县的电力局上班，他们早商量好，不违背父母的意愿，除了分开这件事。

男友辞掉稳定的工作也去郊县，他还是会把大部分工资寄回老家，两人省吃俭用，用难得的真情来喂养爱情。

结婚前夜，我跟童睡在一起，童甜甜地说着他们之间的小秘密。她说，我们无数次地主动分手和被动分手，在前任和现任之间无数次地转换。记得树大学毕业的第一份工资全寄给家里，晚上偷偷给小摊当服务员卖烤串，凌晨3点才收摊，第二天7点起床，他找我时经常戴个手套，那段时间从不牵我的手，还撒谎，那是他第一次跟我撒谎。

我不信，非让他摘掉，他拗不过我，我看见他十个手指都贴满创可贴，说是冻疮，其实我知道那是烫的，我的同学在夜市见过他，我急忙去药房买回烫伤膏，外包装用白胶布全部粘好，叮嘱他记得上冻疮药，他笑笑接住。

两人结婚当天，我单位有急事离开，后来经常打电话但见面机会很少。第二年噩运降临，童不幸患上白血病，确诊当天，她以死相逼，逼树离婚，那天童偷跑到后山的悬崖边，树紧跟过去。

童说："你再前进一步，我就跳下去。"

树说："好，你跳啊！你前进一步是跳，我前进百步十步也可以跳，要不你先跳，我后跳。"

童说："离开我，是你最好的选择。"

树说："你还记得吗？你上大四时，我们在街上瞎逛，看到帅气的爸爸领着一双可爱的双胞胎女儿，你夸小孩子好可爱，特别喜欢，我说结婚后我们也造一对小人。你说喜欢男孩，要是能有两个宝贝，就把自己封为大帮主，他们是二帮主和三帮主，你们三个一起欺负我，你记得我说什么吗？我说好啊，我受虐心强，求之不得！"

童说："记得，你还问我，要是我们只有一个宝宝怎么办？我说，我就把你也当成宝宝一起疼。"

树流着泪，哽咽地说："我还没被你们三个欺负过呢，凭什么让我放弃，你还没有好好疼过我，你干吗食言？知道吗，只要我们在一起就有双倍的机会，你当妈我当爸。"

姨妈和姨夫为了给童找到合适的骨髓，费尽千辛万苦找到童的亲生父母和姐姐。树为了童，花光家里所有的积蓄，父母把老家的房子也卖掉，借住亲戚家，弟弟妹妹打工的钱都给哥哥救嫂子的命，后来童骨髓移植手术很成功。

不久前他们刚收养一个出生不久的孤儿，现在童很好，头发很长，自然卷，很漂亮。

4

跟前任分手只不过是爱情真谛解开前的一次预演。

有的人注定不会和对方分开，比如童和树。火车开走，他们会等，人多了，他们会停，分开了他们会互相寻找，火车来了，他们牵着手上火车，麻绳虽在，只会把他们捆得更紧。

真爱的人，只会把彼此嵌进对方的骨肉里，削骨剔肉时，一起喊疼，一起说爱，一起说希望。

有的人注定不会和对方在一起，比如小雨和前任，在他们眼里，爱情无非物质食粮或精神食粮的一道选择题。这是一场没有硝烟的拉力赛，双方都在用力，总想把对方拉进自己的阵营，总想让对方褪掉原来身上岁月的烙印，其实这样的挣扎没有成就双方，反而让两人受伤不轻。

有的人注定要和对方在一起，苦难和磨炼时刻等待给他们迎头一击，总有一方或双方在全力抗争，这是一场没有战火的攻坚战，双方都在为对方着想，总想让对方全身而退不受伤害，总想把最苦的果子自己咽。其实这样的抗拒没能分开他们，反而让两人温暖如初，他们之间除了爱，还有爱的善意妥协和不懈坚持。

真爱是骨肉相连，不离不弃。未来的精彩故事谁也无法预料，但是，我们的余生很长。

我们的爱情
到这刚刚好

　　有的人特别会隐身术，会伪装术，会躲起来让你一辈子都找不到。不是这世界太大，我们无法下手，而是你一下手开始寻找，就把懵懂温暖的感觉涂抹上浓重的妆容。曾经带着不设防的心奔跑的俩人，岂不成了拼命追赶的狂徒，一个要躲，一个要找，一个要藏，一个要你出现。

|

愿我们每场失恋都有价值。

　　刚刚结束恋情的山竹姑娘，在大学朋友圈里疯狂发红包，红包的数字有零有整，2.14、6.15、9.12、10.26红包提示只发给一个叫桦树的男生。

　　男孩早已悄悄从群里退出，曾有的交集人生被人家彻底抽出来，好像一边的铁轨被人连夜拆掉，一辆火车驶来，调度员没办法，只能让那辆开往春天的火车驶进另一个季节。爱情也有四季，沉睡的种子纵然有巨大力量冲破压在头顶的东西，当它主动放弃生长的信念，多强大的期待换来的都是失落。

山竹不想再发芽。

山竹的自卑大家有目共睹，她嘴里的口头禅很多，"我不行，我做不好，我没学过，我干不来"，让我们都渐渐忽略她的存在。

有人把你当空气，不是无视，而是有时你把自己隐藏得太好。刚开始我们都以为那个说话害羞，红着脸，不好意思直视对方眼睛的小姑娘，真的什么也不会，强人所难的事我们还真干不出来。只能任凭小姑娘自己早早上课，晚晚下课，独来独往，连下雨都让我们忘了给堵在图书馆的山竹送伞。

看到山竹像被人按进水池狠狠虐了一把的狼狈样，我们几个人真的于心不安，急忙拿毛巾，找睡衣，翻吹风机，最傲气的老四还忙不迭地给山竹脱沾满泥土的湿鞋，好不容易安顿好浑身发冷的山竹，我们几个才认真召开批评和自我批评的大会。

山竹干活不惜力，每次自己拎四壶开水，从老远的水房晃晃悠悠地回来，给大家准备洗发水、洗脚水，还给生理期的我们冲姜茶和红糖水。

山竹学习不自私，名列前茅的她早早把笔记整理好，为省钱舍不得去复印，为我们抄三四遍，挨个放在沉睡的舍友枕旁。老大说请她吃红烧肉，她摆摆手，老二说请她吃糖醋里脊，她摆摆手，老三说请她吃水煮鱼，她又摆摆手，最后轮到我，我说请她吃门口的尖椒肉丝炒面，她立马眼睛闪着亮光，小脑袋点啊点。

尖椒肉丝炒面是我们俩的最爱，肉丝柔滑，尖椒翠挺，面条的火候刚刚好，入口的滋味每次都跟初恋的感觉似的。这么古老的一种说法竟然真的让山竹梦想成真，她多次出没热闹的小店，竟然真跟自己的老乡对上眼，稀里糊涂俩人有了感觉。

2

老乡男经常来楼下找她，常让她帮忙给自己洗衣服，借书，抄笔记，还让她帮忙做手抄报，参加学校手抄报评比。这时我们才知道，山竹原来会画画，虽有点手生，但行家一出手就知有没有。

老乡男获最佳辩手称号，可爱的小学妹跑上台拿着鲜花祝贺，还主动抱了抱眉眼帅气的男孩。坐在最后排的山竹低着头，默默地走出礼堂，穿着新买的连衣裙，路上碰到没心没肺的我，喊她陪着一起去滑旱冰。

都是菜鸟的俩人，晃晃悠悠在旱冰池里挽着手，好不容易站起来，恶作剧的男生从中间穿过，山竹身子后仰，屁股重重着地，她爬起来，摔倒；又爬起来，走一步，摔倒；她又爬起来，刚抬腿又摔倒。反正围观的人都在看这个不停摔倒又不停站起来的傻丫头。

我脱掉旱冰鞋，拉她胳膊，她猛地喊道，闪开。

这次，摔倒的山竹站起来后竟然能跑几步，对，小跑，还不会走的山竹从跑开始。她摔的次数越来越多，可她跑得也越来越快。四个小时，她足足摔了48跤，可她学会了跑，唯一不足的是她不知道怎么控制停，她停不下来，停的结局就是一记重摔。

第二天一大早，胳膊和大腿青一块紫一块的山竹逼着我还去滑旱冰。那天上午，她跑得更快了，昨天捣蛋的那个男生拉着山竹的手，一起跑，俩人跑得飞快，就像调皮的孩子在追赶飞舞的蝴蝶，左转转右转转。

仅仅三天，山竹已掌握滑旱冰的基本技巧，靠的是摔八十来跤的惨痛教训。那个老乡因为山竹没顾上给自己洗衣服，到期图书没顾上还，笔记还差最后一章，手抄报画了一半，生气骂山竹，不知好歹。

山竹盯着男人心虚的眼睛，冷静地说，我们分手吧！我知道你不喜欢我，我也不喜欢你，没必要大家都装傻。

3

人家都说上大学不谈次恋爱，实在太亏。我也跟别人一样，期待谈一场让别人羡慕的恋爱，告诉别人虽然我很普通，但也有人喜欢我，我跟你们都一样，有人打电话问候，有人每天说晚安，有人生病了关心，有人伤心了哄哄。

我只是想尝尝爱情的滋味，才开始这个主角不对的一场游戏。老乡男一再逼近，牵手拥抱亲吻抚摸，到最后还想有更进一步的动作，山竹立马叫停。身体是最诚实的，比你的心还诚实，她一记耳光把趴在身上的男人给打醒，自己也从爱情的梦里醒过来。

男人除了想得到你的心，更想得到你的身，他一次次的试探不是水到渠成的真爱，而是雄性动物本能的自然发泄。男人瞪着饥渴难消的血红大眼说，有多少女孩巴不得呢，你装什么装？你有什么资本？要不是我看上你，谁会喜欢上你这样一个傻瓜！

可总有一个傻瓜会喜欢上另一个傻瓜的！

桦树就是旱冰池里那个恶作剧男生，山竹喜欢上他，是在他即将毕业离开的日子。学校组织一场旧货拍卖会，同学们在学校网上把旧书、旧物，以及其他拿不走的东西拍卖掉。

我们经常能买到便宜的好东西。

山竹经常自己一个人去滑旱冰，技术越来越好，再也没有摔倒。可她的神情总是恍惚，好像丢了什么东西似的，心不在焉，好几次打水回来都走错房间。

大四离校的日子近了，我们计划着放假去哪儿玩，去哪儿探险去哪儿看风景，山竹在上铺突然跳起来，头磕到屋顶，大声哼哼，还大骂王八蛋，把手机扔到床上就跑。

手机的界面正打开在学校的社交网站，图片是一张散火柴棍和一个透明的玻璃瓶，下面有详细的文字介绍。

旱冰池她摔倒无数次，又一次次站起来，我想伸手去拉她，又担心心底微弱的火苗会把自己从里到外烧焦，我突然心里好想疼疼她。后来我们多次在同一个地方遇见，她还是会摔倒，摔倒就坐在原地，死盯着我的眼睛。我不知道怎么回事竟然鬼使神差地去拉她的手，她又跑起来，又摔倒，我跟着她，只为拉她起来，而她只为在我眼前摔倒，让我明白我的心会疼，让她看见我会心疼一个姑娘。

她拉着我满世界去买火柴盒，点着扔下再点着再扔下，那么任性，那么霸道，那一刻我觉得我好像有点喜欢上她。

可最后我还是没有说出口，我走了，带着一颗喜欢过的心。请记住傻瓜也有人喜欢过你。

4

"我们的爱情到这刚刚好，剩不多也不少，还能忘掉。"薛之谦的新歌《刚刚好》正唱到高潮，我和山竹坐在咖啡厅里听着美妙的音乐，心里突然感觉一切都刚刚好。

山竹说，那段时间，我有时间就往旱冰池里跑，我用的是奔跑的动作，你知道吗？山竹摆动着胳膊，不小心把咖啡碰洒，有几点溅到精致的裙子上，她笑着说，真好，还是要留点纪念为好！

我说，你为什么不表白？

山竹抿着不放糖只加奶的咖啡，笑着说，我也不知道那是喜欢。

我说，你为什么不去找他？

山竹逆时针搅和着咖啡，淡淡地来了句，我找了他，他不在。

有的人特别会隐身术，会伪装术，会躲起来让你一辈子都找不到，不是这世界太大，我们无法下手，而是你一下手开始寻找，就把懵懂温暖的感觉涂抹上浓重的妆容。曾经带着不设防的心奔跑的俩人，岂不成了拼命追赶的狂徒，一个要躲，一个要找，一个要藏，一个要你出现。

好感不一定全是爱情，爱情是一场细雨，润物细无声，我们站在雨里，不打伞都感觉不到冷，可好感呢？只是一刹那的恍惚，或许夹杂着亲情和友情的成分，或者只是把你当成一个需要关心的人。

其实我们最大的悲哀是没人，没有一个人在你需要某种情感的时候，没有一个人说过你需要的话，也许你要的仅仅是一句话。

有人一开口，你的世界就打开。

《余罪》中余罪在游乐场曾跟"大胸姐"说的一句话，我觉得特别有意义。当余罪把大胸姐的订婚戒指扔了，大胸姐打了他一巴掌，非要去把戒指找回来，余罪紧紧抱着她，跟她说，你知道小孩子为什么喜欢来游乐场，就算摔倒了，也不哭，自己爬起来接着去玩吗？因为他们来不及哭，有好多喜欢的东西在眼前，哪还顾得上哭呢？

对，来不及哭，因为太多的美好在你的眼前打开，那种死死纠缠不休的感觉最需要释放自己，释放紧绷的神经，释放自卑的灵魂，释放自由的心灵，更释放爱的翅膀。一个人会打开一片天空，伸出一只大手跟你说，你不是丑小鸭，你知道吗？你是一只白天鹅。

大学最后一年，山竹的自卑一扫而光，精神抖擞地迎战最美好的那段青春。有人说："真正美好的一切是不能描写的，它只能体会，体会越深越难以描写，因为真正的感受不是一些事实的汇集，而是一种状态的持续。"这种状态她一直持续到现在。

谁的人生
不曾花容月貌

*谁的人生不曾花容月貌，心中有爱的人，才会鲜花不
败，美颜不老。只要微笑，你就是别人眼里最美的佳人。*

奶奶95岁高龄，她经常一人嘀咕："我都活成老妖精了，以后
见着老头子他还认得我吗？"

谁的人生不曾花容月貌，早早脱离凡尘的亲人，离开时也许她
们是正当年，美貌如花，面容姣好，体态轻盈的美娇娘，正扶着杨
柳随风摆着细腰，桃花眼直勾勾地盯着大路，等心爱人回来。

还好，爷爷过世时85岁，胰腺癌，熬三年，家人都瞒着奶奶爷
爷的病情。奶奶半夜用黑塑料袋密封好酱菜坛子，说里面是祖传
的酱菜，你爸最爱吃这个，需要些年份才够味，等老头子想吃再
打开。

时候没到，人却走了，一走就是很多年，酱菜坛子从没打
开过。

奶奶说，老头子真狠心，也不叫上我。

爷爷走那三天，家里大办，奶奶笑呵呵的，跟她七十来岁的外甥和外甥女说，你舅就喜欢听戏，就喜欢人多热闹，就喜欢吃大锅菜猪肉炖粉条，就喜欢我给他掏耳朵，就喜欢我喊他老头子。

奶奶要到外面听戏，家人都拦着，奶奶不依，自个从高炕上哧溜下来，掀开门帘，拎个小马扎就出去，挤到最里面，双腿并拢，双手插在袖子里，摇头晃脑地跟着哼哼，过会儿嘀咕一声："哪里的戏班子，是不是周头村齐家班？唱得真好。"

"豆子，拿那个什么盒子给我录下来，今天这哭腔真好听。"

我忙不迭地答应。

爷爷的病越来越重，只能靠药扛着，扛不住，死扛。爷爷和奶奶睡小屋，他们不让孩子陪，可我们从没听见爷爷喊疼的声音。我妈总说，你爷爷特别可人意，知道心疼人，实在疼得受不来了，就咬被子，咬毛巾，咬整卷的卫生纸，还咬厚厚的书，咬半截木棍，我们没见过，奶奶都陪着。奶奶知道爷爷得了脏病，就是没法治好的病。

病是没办法，但日子还得过。

奶奶熬小米粥，小火焖煮，每次熬得不稠不稀，上面漂着一层黄黄的薄皮。奶奶递一小碗给爷爷，爷爷的假牙很白，很齐整，他吸溜一下，米粥表层就打一个小浪，再吸溜一下，再打一个小浪，一点点地掏浪底。奶奶看爷爷吃了两小口，立马把小碗拿过来，用小勺再满上："瞧，老头子，这是第二碗了，你真能吃，有得吃就有得活。"

半个小时后，爷爷跟奶奶并排坐在小马扎上靠在温暖的北墙根晒太阳，两三米粒沾在嘴边，奶奶伸袖子给擦擦，两人双手再各自插在棉袖子里，眯缝眼，不说话。

奶奶后来说，多冷的冬天我都不怕，我只要能听见你爷爷的鼾声，就觉得有个人在那儿，这间房子就不冷清。

年轻时候，天天吵，因为工分少，因为活没干完，因为孩子多吃不跑。奶奶说，其实你还有一个姑姑，生下来没多久就没了，我问怎么没的。奶奶说，赶工家里没人管，夏天热，老家有个习惯，沙子过筛，把细沙洗干净，晾干，再铁锅上热炒，再过筛，再晒干，缝个半大的棉布袋子把沙子倒进里面，孩子光着屁股塞进去，上半身露在外面穿个小肚兜，这样孩子拉了尿了都在沙子里，孩子不脏还凉快。

孩子好像有四五个月，醒了在床上动弹，卡在床边头朝下悬着，沙袋沉，下不去，活活给吊死了。

奶奶说我回家就让你爷爷给埋了，埋哪儿我也不知道，那是我第二个孩子。奶奶奶水特足，孩子一没，一晚上就给憋回去了。

我说，奶奶你不难过吗？

难过又怎么样？没了终究是没了，只能怪这个孩子没福气，命数短，跟我们的缘分浅，奶奶不动声色地说。

六十年后，奶奶最亲的大儿子，因患胃癌走了，当时奶奶住在二叔家。也许真的母子连心，大伯咽气时，奶奶正在喝粥，她说好像听见老大在叫娘，叫了三声，二叔和二婶还以为奶奶老糊涂了，一会儿噩耗传来，大家避着奶奶。奶奶那一天非要去看看老大，我们撒了无数的谎不让她去，她一直坚持，从没见过老人那么生气，气得晚饭都没吃，说心口疼。

不让她见儿子最后一面，是不是太残忍；让她去见儿子最后一面，是不是更残忍？

大伯走后两个月，才告诉奶奶，奶奶没哭，还不停地劝大伯母放宽心，他病了我们看也给看了，吃也给吃了，他没能扛过去，不能怪别人，只能怪他不争气。

只有一回，她哭了。

奶奶前年，腿疼得不行，不能打弯，医生说左腿膝盖骨处有个小脆骨，需要取出来。手术前，要脱光衣服，奶奶死活不脱背带小褂和肥大内裤，不管医生怎么说都不行，再说我不动手术了，谁劝也不行，最后没办法依了她。

进手术室奶奶还笑呵呵的，出来后，奶奶哭了。奶奶说："我要是以后不能走路，这不是给孩子们添麻烦吗？我怎么成个老废物了！"

那一刻，我握着奶奶瘦骨嶙峋的手，流着泪说："奶奶，你真可爱，一哭就跟小孩似的。"

"真的吗？那我不哭了，省得你们笑话我！"嘿嘿一笑，嘴巴里露个大洞。

这几年，奶奶从不让我们跟她一起照相，说老了，这样不好。

奶奶最不喜欢吃面条，最喜欢吃肉，嚼不动，但是在嘴里砸吧砸吧也挺美。

奶奶眼睛不好，耳朵很背，必须大声说话她才能听见，有时妈当着奶奶的面说奶奶以前只知道疼老大，奶奶还嘿嘿笑，接话说："不要煮面条，没嚼头。"

我们给奶奶下了通牒，家里的百岁宴，奶奶你想吃什么尽管提，不提不给吃肉。

老家拆房子，收拾出很多照片，却唯独没有爷爷和奶奶年轻时的，我问奶奶照片你藏哪儿了？奶奶说，以前穷哪有钱照相，你爷爷经常出门大半年，也没想过谁给谁去照个相，念想不都在心里吗？

奶奶最疼的孙子学开车，不小心把奶奶的酱菜坛子给撞烂了，里面什么也没有。

大伯走后，奶奶一次都没有说过"老大"，"老大"这个词从她嘴里消失了。

我以往过世的姑姑，也是一次谈笑聊天中，奶奶打趣我不好好看孩子，专门提醒我的。

奶奶现在身高一米五，眼睛微眯，脑后梳个小揪揪，戴金耳环、金戒指，穿对襟蓝袄、肥大的黑裤子，脚上一双老年收口的黑鞋，她经常自己洗毛巾、内衣、袜子，最喜欢替我们看孩子，替我们收拾垃圾，最不喜欢让她去睡觉，说以后有得睡。

奶奶，你这一生真苦。奶奶说，苦吗？我从来不这样认为，你爷爷年轻时很帅，很好的一个男人。

奶奶一笑，真美。

人的一生有两种美丽，一种美丽是真正年轻时容颜最动人的时光，一种美丽是面对坎坷时微微一笑的从容。我们在美丽中忘记美丽甚至无故地消耗掉美丽，让最应该珍惜的时光里满是埋怨、牢骚、指责和谩骂，等我们慢慢老了，才明白，我最能记得的不是离别时的哭泣，而是缘已尽，我终究要送你，送你时我会笑，因为只有微笑才是世间最美丽的容颜。

谁的人生不曾花容月貌，心中有爱的人，才会鲜花不败，美颜不老。只要微笑，在生活面前我们都是别人眼里最美的佳人。

Part 3

心里那个梦，
万一实现了呢

别把心里的梦藏起来，天要放晴，请时刻准备好给它们重见天日的机会，伸出手，我们能抓住每一缕阳光

愿每天
叫醒你的是梦想

　　我不想祝福全世界，我只想祝福你，只想你幸福、快乐，只想你说起梦想时不再彷徨、质疑和掩饰，在我心里你一如当年的翩翩少年。如果你的梦想没有实现，我就不允许你变老。

梦想是什么？梦想就是一种让你感到坚持就是幸福的东西。请像初恋一样坚持梦想。一坚持舞台就是我们的。

I

　　1.52米的樱桃在5000米的终点虚脱得晕了。她应该晕，因为她恰到好处地晕进喜欢人的怀里，那是她梦里设计过无数次的场景，可这次她身不由己。

　　她以前觉得把喜欢某个人当成年少时最大的梦想，羞于出口，把个人的情感嫁接到崇高的梦想云端，还是暗恋，心口不一的暗恋，说出来能被别人笑掉大牙。

从小她就觉得自己是个无用之人，能把滚开的水倒在脚面上，能熬粥不放水，能用高压锅不知道放气，能考试迟到打盹忘带准考证，能分不清东西不知道南北……

大学毕业后的十年里，樱桃一直特别地努力，拼命地努力，晚了就是晚了，要赶上只能趁别人玩耍娱乐休息的时间。她只是一个小职员，人家高兴了，喊小樱桃，人家不高兴了立马冷着脸，连称呼都省了，干吗呢，磨磨蹭蹭的，不知道晚一秒经理会把我吃了？

樱桃小声回应，吃我好了，对不起！

人家白眼珠一转，吃你，塞牙缝都不够，你以为你是谁啊？

对，就是那个被别人看不在眼里的小人物，突然有一天被领导重用，直接推荐给集团董事长担任公司重要项目的负责人，叽叽喳喳的麻雀声，在雏鹰起飞的悬崖口张望，议论，嘲笑。

我们都是普通人，有的只是最朴素的梦想，脚踏实地的坚持和行动是我们唯一的捷径。

可再朴素，也高于我们原本简单的生活，境界与眼界确实无法分割。我没有品过拉菲，没有戴过奢华的珠宝，没有穿过低胸的晚礼服，甚至没吃过牛排，没去过天山，没到过临海城市，可我们还是可以有自己的梦想，纵然我们只是别人眼中的"无用"之人。

漫画家朱德庸说：这个时代太强调功能，每个人都必须有用，其实人并不是生来为了有用，至少不该是人生首要的目标，对我来说，我希望身边的人都善良、诚信、友爱，而不只是一个"有用"的人。

樱桃说"无用"挺好！

2

　　樱桃专科毕业，不起眼的学校，不起眼的外貌，不起眼的小身板，却有一颗爆棚的心和不屈的灵魂。

　　所有的机缘巧合都有人背后的厚积薄发，她背后默默努力，三年成人专升本，毕业后直接考取在职研究生，边工作边学习，没白天没黑夜，还得偷偷摸摸不要让别人发现，她没想过证明给谁看，她只想证明自己能行。

　　她勤奋听话还聪明，在企业报刊发几篇跟分公司领导不谋而合的商战观点，让对方欣赏。公司中高层正好举办一个MBA培训班，她主动请缨加入，没想到一年来多次作业得优课堂表现得优，结业时五个优秀学员里第一个就是樱桃。

　　她的努力终被他人发现，正好有个项目需要负责人，她被推荐，再加上她有心，提前准备相关资料，在难缠的董事长那里顺利面试成功。

　　工作很难开展，压力倍增，让整夜整夜写计划写方案分析数据的樱桃小脸蜡黄，内分泌失调。

　　她喜欢的那个人来她的城市开会，约她见面，看到短信火热的心还没有褪去，她犹豫了。

　　她衣着简朴，满脸暗沉，皮肤粗糙，戴着黑框过时眼镜，顶着清汤挂面的发型，她没有实现自己想要的改变，在最后一刻她撒谎拒绝了。原来默默喜欢一个人，默默祝福一个人的同时，最渴望的竟然是让他看到现在自己的好，从内到外的好。

　　于是她拼命工作，全身心工作，她觉得她的梦想即将实现，高薪有尊严地活着，才华和能力的完美体现，那时她可以对曾喜欢过的那个人说，我很好，请放心。

3

樱桃的那个梦想在大学聚会后醒了，她以为她的暗恋没人会在意，在意普通的姑娘眷恋着优秀的男孩，感情这个东西最怕用上"照顾"这两个字。

一说照顾你就成了弱者。

那次聚会樱桃强撑着，用自尊撑着，用眷恋撑着，用微笑撑着。离开的那晚，几个男同学执意去车站送她。

喜欢的那个人张开怀抱，说，再见，也许我们再也不见了。

她哭了，无数次梦里想象着他的怀抱，如一盏点亮的孔明灯，把夜空照亮，她紧紧搂着他的腰，他胖了有啤酒肚，脸变圆了说话满了，曾经他的怀抱是她的一个梦想。

有一种飞翔靠的不是翅膀，是梦想。

他没有跟自己喜欢的女孩子结婚，但跟一个般配的女孩子走到一起。她听见电话里他喊对方老婆，说儿子想吃什么都依他，两天后我就回去了，这几天辛苦你了，老婆。

樱桃那晚喝得大醉。梦想想就行了，实现不了也挺好。

梦总要有个出口，梦想就是那个归宿。

归来后的樱桃从旧梦里醒了，她说自己要一个不打折不做作不陈腐的女孩子。

4

她从小喜欢蝴蝶，参加朋友婚礼，有个放飞蝴蝶的环节，当五颜六色的蝴蝶展开翅膀在空中飞翔，可爱的孩子四处奔跑，追赶春天的精灵。狂风也穿不透的寒冷世界，被一只只蝴蝶唤醒。

她走出屋外，裹紧大衣，冰冻的世界一下子化了。

她爱上了蝴蝶，爱上就当生命来。她毅然辞职，选择蝴蝶养殖项目，她养的蝴蝶好像通人性，飞出去会陆续回来，不知道她宝贝盒子里是什么香，她笑而不答。

樱桃曾给暗恋对象发条短信，"不忙了，麻烦回个电话"，麻烦多客气，客气到连藏在心里的喜欢都被弱化掉了。

第二天对方打来电话，她不知道说什么，变得结巴变得语无伦次变得好像多美好多坚强多幸福似的，问他："你的梦想实现了吗？你现在幸福吗？"

他说，梦想是年轻人才说的吧！而幸福吗？我很好，我现在很好!

她接着问，那你快乐吗？

他想想，简单说句，80%的快乐。

苏格拉底曾说，世界上最愉悦的事，莫过于为理想而奋斗。当我们为生活而奋斗时，我们是现实中的钢铁侠；当我们为梦想而奋斗时，我们会是狂风来临前的海燕，低空盘旋，高空展翅，闪电击中翅膀，暴雨打在胸脯上，我们都会用翅膀飞翔。因为有了翅膀，我们可以看到海为自己的停滞不前而呜咽，可以看到帆船为自己的无助而颤抖，因为能看到才会被感动，被激励。

他问樱桃，你的蝴蝶现在是睡着，还是醒着？

樱桃笑笑，跟我一样!

5

她的梦想就是做个敢爱敢恨有梦想的女子，这个女子现在虽然过得并不光鲜，但是她的内心在起起伏伏的现实中早已沉稳起来，洞察世事繁华不为所动，平平淡淡爱自己，爱家人，爱身边和远方一切美好的事物。

外面狂风暴雨，我自岿然不动。

心澄空，神澄明，重拾新的梦。

愿每天叫醒你的是梦想，梦想也是一道有解的证明题，证明它存在过，证明它美好过，证明它失败过。

生活不会让任何一个人一败涂地，只要有梦，敢想敢拼敢追它，你就没有败。

我们都是一个"无用"之人，我们善良，我们诚信，我们友爱，我们的梦想很小，我们的心很大。

我不想祝福全世界的人，我只想祝福你，只想你幸福，快乐，只想你说起梦想时不用彷徨、质疑和掩饰，在我心里你一如当年的翩翩少年。你的梦想没有实现，我就不允许你变老。

我不知道如何定义成功，但我知道什么是失败，那就是——放弃。马云的这句话让我明白了自己想要的方向。

愿每天叫醒你的是梦想，而不是那颗慌乱的心。

慢点走，
岁月不回头

　　　　我们都可以慢点走，慢点走，不错过岁月里的每束
光，每个清晨，每个只属于你的消息，只言片语足矣。

　　一群人急匆匆赶路，突然，一个人停了下来，旁边的人很奇怪：为什么不走了？停下来的人一笑：走得太快，灵魂落在了后面，我要等等它。

　　洋葱走得很快，我们都为他高兴，年纪轻轻凭着自个儿敢想敢干九头牛也拉不回来的韧劲，真把喜欢的事业干得如火如荼。

　　当我在我们这个普通的北方小城市接到洋葱电话时，诧异得把嘴里的西瓜连籽都咽进肚里。

　　三天了，离我家不足500米的小区，B栋302室。那个小区很大，乱哄哄的早市就开在洋葱楼下，十年未见的老同学，在南方某大城市早已开辟新天地的骄子，竟然莫名其妙地蹦了出来。

　　我不信，直到他邀请我去他的"新家"作客。穿着居家服在厨

房忙碌的男人，后背湿一大片，台式电扇嗡嗡响，他请我们喝晾好的白开水，吃他亲手做的几个家乡小菜，请我们喝好不容易买到的自酿葡萄酒，还特意打开个小收音机，刚好正播放刘兰芳的《岳飞传》。

"岳飞噌地跨上白龙驹，手提沥泉神枪，握紧缰绳，双腿用力，大喊一声驾，振臂一呼，冲向敌营……"

这才知道，毕业后一直顾着挣钱的洋葱，曾经那个碰见洋葱就伤心不已的男孩子，早在商场里被磨得没了形状。他说，黑夜总感觉有双手，给大腿压筋，起初那种撕心裂肺的痛，慢慢消失，然后麻木。枕头底下塞着月度奖金、季度提成、年终奖，还有新品研发奖、特殊贡献奖等等，钱是挣不少，但全身变得柔软起来，心也被揉捏得没了形状。

那段时间，家人病了，开始用刺探的口气问他，工作忙不忙？什么时候回来？我没心，回答，很忙，脱不开身，下个月吧！谁也不知道我一个月到底有多少天。老婆生孩子，在产房痛得大喊大叫，张正义，你个王八蛋，害死我了。儿子出来，老爸给他打电话，哽咽地说老张家有个好孙子了，你个龟儿子真把家都忘了。

金钱是这个世界最畅通无阻的通行证，洋葱的通行证早很多年，也用很多年，直到前年新公司走上正轨，他觉得该喘口气，该停一停。

老母亲脑血栓瘫在床上，他想起给老妈说过无数次要带她去北京看天安门，开着自家的车长安街上转它十个来回，可他的诺言早已失效。人在，可心劲早没了。

人活着就是一口气，孩子闯祸，抡起大巴掌就打在背上，需要一口猛气；孩子考试作弊，抬腿给儿子一脚，需要的是怨气；孩子受别人野蛮欺负，背上就找对方讨要说法，需要的是骨气。

现在再也听不到老妈心疼地说，傻孩子怎么不知道躲啊！疼不疼，对不起，妈下手太重了。

小时候的洋葱跟老妈说，没事，下次轻点就行。等老妈反应过来，浑蛋儿子早跑远了。

洋葱说，现在我们只能猜，猜老妈的眼神是什么意思，看老妈的嘴形想要说什么，我把妈叫得再响，她都回不了一声，哎。从那以后，我把公司交给信任的人去经营，一门心思给老妈看病。现在她老人家情况好很多，能含糊不清地叫我的小名，听一次我心里就特美。

我决定慢下来，慢下来生活，慢下来陪着，慢下来感受这个世界，慢下来仔细回忆。

我曾看过一篇文章提到作者与92岁的杨绛先生傍晚散步时遇见的情景："有一天，我看见她伸出手，食指和中指做V字状，心想，先生92岁了，还挺时髦，用年轻人常用的手势。走近一看，她食指和中指在不停地绕动。我问，这是什么意思？她笑着说：小蚂蚁见面的时候，就是这样互相碰碰触角，咱们这样就算打招呼啦！我赶紧伸出两个手指和老人的手指碰了碰。我们像孩子似的开心地笑了！"

我会推轮椅上的老妈晒太阳，跟儿子一起看蚂蚁搬家，学着小蚂蚁打招呼的动作跟儿子和母亲比画，我们仨开心的也像个孩子。

老妈的身体越来越好，会简单说话了，喊我出去放松一下。我没多想，就来到了这里，离这里不远是年轻时我爸妈下乡的地方，我找家日租房轻松住下，有空就去附近山区转转，替老爸老妈去看看。

以前我们跟曾经的回忆喊暂停，按快进，总觉得时间还有，日子还长，可日子是个最吝啬的人，有时多一秒都不让人等，有时想用金钱买通时间，可它就是个双面间谍，一会儿微笑一会儿冷酷，一会儿答应一会儿拒绝，总把我们打个措手不及。

在这个世界上，有时最大的骗子就是时间，我们以为自己成了扑克牌里的大王，可以统领三军，可以随时把让自己不开心的人吃掉，把胜利让给家人，可到最后，哪怕你吃掉的是一个小小的方片4，你也会随之丧命。

人生没有翻盘的机会，第一次是自己走，第二次只能是别人回想你怎么走。

我和几个好友带洋葱去爬后山，满山的蘑菇和说不出名字的野菜，他东照一张西照一张。三十来岁的大男人开心得像个孩子，看见棵高高的柿子树，树顶挂着黄澄澄的柿子，非要跟我比赛爬树。我虽一介女流，但身手好常锻炼，就陪他好好玩了一把，虽然牛仔裤划个大口子，满头叶子和蜘蛛网，但我赢了，他也没输，平局。

我发现，我们慢悠悠上山，慢悠悠讨论某种菜的名字，慢悠悠踢小石子玩，慢悠悠在小溪边打水花，慢悠悠跟着每只惊飞的麻雀，喊它别跑别跑时，原来时间是可以拉长的，时间也是有影子的，我们都站在时间的正面却忽视了它的背面。

离开后不久，洋葱跟我们几个不错的老同学联系，说自己开办一个社区平台，主推"慢生活"相关的运动、音乐、文学，希望参加他们下月的线下活动。让我们去同学微信群里喊喊，多叫上一些人，这才发现曾经那个总喜欢笑的男生，毕业五年后因为脑瘤早离开了，消息被封尘多年，让人唏嘘不止；还有一个女生因为心理出现问题，毕业后消失掉，好像从没有出现过一样。

我们都走得太快，忘记网络世界也会堵塞，邮件地址错误，聊天号码也会主动舍弃。我在此刻想找你，突然事情一多、心情一差就不想了，不想了就等下次机会，下次，下次，总是下次，最后我们没有了最后一次。

只要找，总能找到，其实有个坐标是不变的，那就是家的地址，只要舍得动笔，写封问候的信，总能找到，但是信太慢，会让人没了耐心，不明白等待的意义，让人在等待中失去信心，随着年龄和阅历的增长，我们越来越向往"慢生活"。

从前的日光很慢，

车，马，邮件都慢，

一个问候，要等上好多天。

……

从前的脚步很慢，

从一个村子，到另一个村子，

要走一天的时间。

……

从前的爱情，

用一辈子等一个人，

慢的，一生只够爱一个人。

我们都可以慢点走，慢点走，不错过岁月里的每束光，每个清晨，每个只属于你的消息，只言片语足矣。

慢点走是一种惬意的人生态度，是对人生细微之处的用心体味，是对岁月不惊扰不催促的用心感悟。"慢"不是逃避和懈怠，而是对"快"的合理牵制和扶持，只有慢些我们才能有时间多回头，让该记得不要忘，忘掉的有时间再找回来。走得太快，把躯壳的体力提前耗尽，把生命长度缩短，而不能把宽度延展，肯定不是我们想要的生命体验。

参加活动回来，看什么都是美的，从来不爱出门不爱锻炼的我，也早早从家出来，试试走着去不远的单位，周六日约朋友去郊区拔野菜，会重复听一首老歌，把动听的旋律刻进脑子里。

就算有时候忙了，心躁了，也会在心里悄悄告诉自己，别着急，没必要，有时间，慢慢来，你可以的。

被嘲笑过的梦想，
总有一天会让你闪闪发亮

　　我无意去指责什么，我也是普通人，一个用微弱的梦想火苗照亮生活的人。有时想想我们既是自己的填柴者也是撤柴者，让火烧得再旺些靠的是勇敢和无畏，让火渐渐熄灭靠的是对未知的恐惧和对现实安逸的不舍。

　　生活中我们大多数人都是绿叶，是心甘情愿的那种绿叶，无论在何时何地总会有几个拔尖的人才让大家望尘莫及，才华、能力和外貌的完美匹配让身为普通人的我们，心再不甘情也愿。

　　他们的骄傲在仰慕者的眼里统统是资本发光后的自然反应，谁让我们不如呢？要不然你也可以那么跩。

　　"我不跩，所以我需要通过不断的劳作，先苦其心志，劳其筋骨，饿其体肤，空乏其身，行拂乱其所为，才能天降大任于斯人也。"这是冬瓜的告白，对自我的告白。

1

大学时，冬瓜计划减肥，包里总背个轻便的体重计，饭前过秤饭后抓狂。他减肥的方法很奇葩，泻药巴豆隔夜的茶叶水，干煮带异味的药材叶子，外加裹保鲜膜，每日一根黄瓜，两片苹果，三片燕麦面包。当他在教室饿得发晕，愣是在刚踢完足球回教室拿东西的猛男头顶上，看到热气腾腾的烤鸭烤乳猪烤天鹅肉，他猛地扑过去，凑上脸要啃，在猛男脸上留下难以消除的牙印。

辅导员实在看不过去，勒令105宿舍的同学，严防死守盯冬瓜的一日三餐——"如果谁让冬瓜再病态地减肥，出现问题，计入学分，年底统一考核。"

冬瓜，我的老乡，河北人，耿直憨厚，爱笑爱开玩笑，我常用大拳头打他软软的胳膊和鼓起来的大肚子，我不疼他也不痛。我一直想搞明白他减肥的真正目的是什么，他眯着鱼泡眼说，保密。

男女生宿舍紧邻，有段时间饭点时总能听见男生宿舍楼里人生鼎沸，吵吵闹闹，后来才知道是冬瓜在拼命逃避美食的诱惑，被哥们围追堵截，四处逃窜。每次累得冬瓜气喘吁吁，臭汗淋淋，最后在大家戒尺下只能不情愿张开嘴，小口慢慢磨蹭。一个月后，冬瓜竟然瘦了三斤，在完全没有克扣食粮的状态下，他乐了。

趁着天黑对喜欢的姑娘表功，姑娘是校花级别的尊贵人物，怎么会看上一个跑起来像要被杀掉的大肥猪？我们都笑话他，不知轻重。

2

爱情失败了，可爱好不能再败，冬瓜喜欢漫画，尤其喜欢日本漫画之神手冢治虫的作品，生动的画面感，带着哲理的批判和反思。他常捧着一本本经典的漫画书翻来翻去，高兴时也来上两笔，我们都笑他幼稚，大男人还看动画片、小人书，没内涵没格调，他不听。他的漫画世界里都是英雄，就像大鹏拍《煎饼侠》是他从小的梦想，他只想成为一名漫画师。

他经过三个月的仔细分析，构思出故事大纲，设置故事主角人物形象、性格特征、事件转折点、小高潮大高潮，让一只愣头青的小狗最终以人格魅力，以"不战而屈人之兵"的方式，保护朋友并和原来的敌人联手共同抵抗地震灾难的危害，全身而退，再创家园。

他的漫画世界里包含着真诚友爱和亲情，就像一块酒心巧克力，外表看黑乎乎的，模样不好看，内心却能让人醉了。

他为画好动物的形态，顶着大太阳去动物园观察它们如何攀爬、拿东西，如何拥抱幼崽和打架斗殴。他在商场外穿厚重的玩偶衣服跟大家互动，他把自己想象成一只熊、一条大狗、一只唐老鸭或者一只袋鼠，让同学把过程都录下来，仔细观察路人的反应和形态，回来模仿着画，不满意，第二天再录，再画。

他在朝梦想进发的路上，是冷静的睿智的勇敢的坚强的，是重生的。

他说，梦想本就没有大小之分，不能说他的梦想要改变全世界，你就以为对方立马就是伟人，伟人也是从普通人一点点蜕变而成。我想其实每个人都具有对自我梦想的追逐能力，对梦想的渴望，对梦想的朝思暮想，我们都喜欢那个追逐梦想的自己。

3

　　冬瓜的梦想在他毕业第五年实现，出版第一本漫画书，创出带有浓郁个人色彩的作品，原来真有好多年轻人也喜欢漫画。在梦想的世界里没人是一片绿叶，大家都是含苞待放的花蕾，是盛开的鲜花，就算即将凋零，也在努力绽放。

　　冬瓜早瘦成一位时尚的帅哥，饭局上大家还是忍不住喊他的外号，冬瓜。他回敬，喊那个健硕的男人叫棒槌，那个在和校外混混大战中，多次用头的冲撞救大家于危难中的人。他从小喜欢武术，小学在少年宫练过不少日子，偷懒怕吃苦中途放弃，但练好一套完整拳法是他最大的梦想。长大后他进入跆拳道馆，当陪练，只为认识一位著名拳法师的第68代子孙，后来得以拜师完成心愿。有个男生最不能忍受喜欢的美食不能常常吃到，转行成了厨师。有个男生喜欢天然的东西，后来成为有名的蔬菜创意摄影师，他用各种蔬菜独特的外形和纹理，设计成具有艺术美感的摄影作品。

　　有的人一辈子都在当绿叶，在苍茫的人海中随波逐流，甚至羞于说出梦想这两个字，说他是不懂事年纪的少年强说愁，现在被生活所迫压白了头，哪还有心思提起曾经的梦想，甚至会说别傻了，梦想都是骗傻子的，只有傻子才活在童话世界里。

　　小时候，我们看奥特曼看忍者神龟看变形金刚，其实我们是在看英雄看和平维护者看奇思妙想的世界，不敢想，不敢边想边做，我们走得再远都是生活中一片即将枯黄的叶子，挂在高高的树杈上，孤芳自赏。

4

冬瓜喜欢的校花，外语系，与美国的留学生好上，大学毕业后早早去美国结婚。她同班大多数人去往不同国家留学，考研，而她一心想当有钱人家的太太，说早抓住早下手，早解放早解脱。但她没想到那个美国留学生的父母只是普通工薪阶层，没住洋房别墅，没有游泳池和大花园。

原来那个留学生从小喜欢中国，毕业后独自打工挣钱当留学费用。毕业后去中外交流中心负责业务接洽，本来蛮不错的小伙子，因为在美国买房的问题上没听校花的，校花就闹，绿卡到手后，提出离婚。第二次结婚的校花三年后又离婚，没有孩子孤零零一个人，在美国耗着，容颜不再，学识和技能全失。她说，我还有绿卡，我还年轻，我还有机会碰到喜欢我的有钱人。

饭局上，冬瓜听到校花的事情，默默说句，她真傻，舞台上那个扮演朱丽叶的美丽少女在他心里消失了。

生活如一块磨刀石，把别人磨得锃亮，却忘记自己也是块被借用的石头，长年累月被刀锋划过，感知岁月的锋利，慢慢地好像把曾经的自己忘了。牵绊、顾虑和害怕失败的心理让我们没落在普通人的世界里，看落花看流水看唠叨的韩剧看来自星星的你。

我无意去指责什么，我也是普通人，一个用微弱的梦想火苗照亮生活的人。有时候想想我们既是填柴者也是撤柴者，让火烧得再旺些靠的是勇敢和无畏，让火渐渐熄灭靠的是对未知的恐惧和现实安逸的不舍。

5

幽默大师林语堂有个经典的故事，"他的很多朋友跟他开玩笑，问，林语堂是谁啊？他说是一个矛盾体，一个以自我为中心的矛盾体。"

其实我们是谁并不重要，重要的是我们可以是一个火种，照亮别人温暖自己，天不黑，我们就有机会，跟梦想中的自己碰面。

我们当不了聚光灯，就做一只四处飞翔的快乐的萤火虫，我们不要被玻璃瓶装一辈子，我们想在黑暗的旷野里，给别人指引一条有光的路。

梦想首先是喜欢，从心里的喜欢，在喜欢的世界里，多大的苦都是甜的，多大的罪都值得。正因为太喜欢，才会无中生有，让人嘲笑，可再被人嘲笑的梦想也会有一天会让你闪闪发光。

从来没有
不劳而获的美丽

> 生命不终结，我们的路就没有尽头，不需要每步都走得精彩，只需要走在路上，能记下路上的风景和人物，把感动积累起来就会变成爱，有爱陪伴，多长的路也不寂寞。

我正在为生活琐事苦恼时，接到白眉的来电，电话里他执意让我去看看电影《霍元甲》，仔细感受下品茶那段的台词。他说自己受益匪浅，终于明白情怀这件事。

日本高手田中安野指出霍元甲不懂茶的高低，不懂品茶。霍元甲说，什么是高？什么是低？它们本身都是生长于自然当中，并没有高低之分，产品的上下高低。并不是由茶来对我们说的，倒是由人来决定，不同的人有不同的选择，我不愿做这个选择。对方诧异，哦，为什么？霍元甲自然之极地回复，喝茶是一种心情，如果你的心情中了，茶的高低还有那么重要吗？

白眉说，我这么多年的努力，终于配用情怀这两个字画个逗号。

I

白眉左眉处常年长根两厘米左右的白色眉毛，拔掉再长，长了再拔，那个坚挺的眉毛没被打倒，他倒服输了。

输，是因为一首曲子。

西安音乐学院手风琴专业的高才生在一次演出时，在别人震耳的鼓掌声里，神情沮丧，心突然空落落的。没有专业人员在场，别人不知道，他知道，曲子中间的旋律节奏控制得不对，错一点全是错。

以前，我们总活在让别人满意当中，把家人的喜笑颜开当成自己的心花怒放，把亲人的溢美之词当成自己的光荣历史，一高兴，原本的不完美也被烘托成圆满。

当我们在意外界的评论和眼光时，年少的虚荣已过早膨胀。当我们无法直视自己内心的世界时，掌声和鲜花过早变成一种夸大的礼貌形式。

白眉的转变用了二十年，大二的那场演出，他得到丰厚的经济回报和无数的掌声，其中的瑕疵在那个黑夜里让他顿时惊醒。

他要惩罚自己，闭关修炼。

他罚自己半年内，静心，每周去碑林练字。每周六坐早班公交车赶到碑林，两瓶水，两个面包，一整天，足矣。

练琴，写毛笔字，今生的两个挚爱。以前他难以取舍，练琴因为一个人，一个独居老男人，每晚在黄昏里弹奏《在巴黎的天空下》，声音缓缓的如一条流淌的小溪，清澈，干净，质朴，还带着水珠四散的响动声。年仅九岁的白眉停下练字，走进另一个世界。

小时候，他不喜欢练字，被父亲逼着，关在小屋里，罚抄千字文、百家姓。他看每个字都是怪兽，却被框在笼子里，动弹不得。写不好被父亲狠狠打手心，每次都打到怪兽的心脏处，血瞬间停滞，心想我下次一定写好，让怪兽复活。

他很用心，用心地写，也用心地听，两年练字，已经小有名气，都说是不错的苗子。父亲请省级书法大师给他指教，进步很快，字写得像模像样。

可现在，他不喜欢了，他想学琴，学弹黑白键的手风琴，他跟父亲提出，父亲一记耳光扇红他的脸，他倔强得不哭，只说一句话，我就要学琴。

父亲落寞地说句，没出息的孩子，干什么也不会成功。

他知道选择了就不能放弃，他小手胖乎乎的，根本不具备学琴的先天条件，手指灵活度不够，最严重的是他小时候患中耳炎，左耳听力还有毛病。

2

他学得很好，他是一个有音乐天赋的人，虽然起步晚，但是悟性好肯下苦功夫，有些东西是需要磨的，磨得久些也会有不错的收获。

刚上大学，他天天赖在琴房不出来，他没有琴，只能在琴房里耗着，耗到关门的大爷催，每次都不好意思，红着脸，次数多了，脸皮厚了，变得那么理直气壮。

老师们都很喜欢这个孩子，有韧劲，肯吃苦，多磨磨会是块好料子。

晚上，他常在学校花园里找个僻静地方，在空中练琴，他想象着琴声在手指触碰空气那一刹发出，美妙极了。后来他找来各种豆子，豌豆、蚕豆、红豆、绿豆、花生豆等等，摆成一排，每个豆标记好音符，手指按在上面，瞎练。

你在瞎练什么？女孩子背着琴走过来，坐在他身边。分手前，俩人在练一个琴，分手后，女孩立刻投入年级第一才子的怀里。

半年的时间，白眉很少练琴，很少去琴房，他变得懒惰极了，会赖在床上不起，会一天只吃一顿饭，会去门口的小饭店喝啤酒，会跟同学发脾气。

他说心情没了，再美妙的音乐都打动不了自己。

打动人心往往需要情感的慰藉，他被喜欢姑娘的离去打个措手不及。真的，他想象过，想把你举过头顶，想把你抱在怀里，想为你打一场漂亮的架，想拉着你的手，一左一右，一前一后，你说，慢点，我都跟不上你来，你停了下来，等，心甘情愿地等。

如果不爱了，我们贪婪地想留下一副躯壳，让他睡在猜忌人的身边，连翻个身都小心翼翼，担心压倒生活中的最后一根稻草。

白眉的稻草本来长得就很弱，轻轻一压就夭折了。

3

父亲从老师那儿知道儿子近况，专门乘火车足足站18个小时来学校看他。一向严厉的父亲看着眼神涣散的儿子，满含血丝的眼睛眨了眨，喉结猛地抖动几下，弯下腰把挽起的裤脚放下，抚平，突然对儿子小声说句，对不起。

小时候，刚知道儿子不想练字，气急败坏的父亲推开窗户，噼里啪啦就把白眉练字的工具唰地扔到楼下，一声巨响，白眉双手抱头缩进门后。他仿佛看见一个凶悍的恶人，想把自己活活吃了。

那一次，他有点恨那个平日邋邋遢惯了的老男人，那个被唤作父亲的人。

大学报到的那天，父亲执意要来送他，白眉心里一万分的不情愿，嘴里嘀嘀咕咕，送什么送，不用。父亲一大早穿上母亲洗得发白的西服，好好捯饬一番，一大早堵在儿子门口，一步也不离开。

没有坐票，一上车，父亲照顾着儿子，在两节车厢处找个落脚的地。父亲说，我去看看。车上挤得水泄不通，大约三十分钟后，父亲高兴地回来，背上行李包，拉上儿子的手，凑到儿子耳边小声说，我找到座了，快走。

那一刻，父亲拉上儿子的手，生怕人多把高自己一头的儿子给挤丢。白眉说，我就这样被父亲拉着，这样，你知道吗？白眉左手拉着右手。父亲攥得很紧，我都有点痛，心痛。

父亲把整列车厢将近走个遍，挨个问座位上的人，好不容易找到下站下车的人。人一走，白眉被父亲按在座位上，父亲站着。好几次白眉要让父亲来坐，父亲都吼他，快坐好，坐稳当了，好好地，就像小时候自己练字时调皮捣蛋偷懒时，父亲的教诲。

临到学校，父亲示意让白眉先进，自己拍拍衣服上的土，拉拉袖子，把挽起的裤脚放下，低头快速瞧下四周，趁人不注意拿小块卫生纸擦擦皮鞋，使劲吹吹。

临走说句，好好学，这是你选择的，是你的，学到手一辈子都是你的，喜欢就要努力。

白眉永远忘不掉那句话，喜欢就要努力。

可白眉自认为努力不够，让自己在音乐世界里总留下瑕疵，追求完美的白眉陷入情感难以修复的怪圈。

4

父亲走后第二天又专门打来电话，叮嘱白眉抽时间去西安碑林看看，那里能让你找到自己内心的平静。

大四上半年，他每周去碑林，老师都骂他无可救药，废了，同学们都嘲笑他，什么音乐才子什么达人，还不是怂人一个。

那半年他的世界里好像跟音乐绝缘，却又重拾儿时的书法。他沉稳，冷静，心境合一，对名家的碑文满怀敬畏之心，认真临摹和品读。他和一位经常去碑林的书法大师成为忘年交，他认真听老人讲书法的美妙，他也敞开心谈音乐的动听，谈着谈着心情就有了。

当没了高低和对错之分时，原来的心结也就打开了，错的事可以弥补，错的人无须回头，有些路真的需要我们一个人走。

泰戈尔说："你如果因为错过太阳而落泪，那你也将失去群星。"

霍元甲在打擂时，总有一个叫花子在问他，霍元甲，嘛时候你才是津门第一呢？霍元甲问他，你说呢？叫花子说，就在今天，就在今天。

当你放下一切，心空空如也，原本的喜欢和爱的初衷才能回来。没有一个人永远会把一首歌唱得完美无缺，没有一个人永远会把一个曲子弹得天衣无缝，没有一个人会永远守得住一个人的心。我们不应沉溺在失落中，而应该淡忘或者适时转下身，停一停，等一等心的声音。

5

最后三个月，白眉的演奏突然上了个高度，连导师都惊讶。他弹出另一种音乐旋律，虽然有些地方有悖传统的教学节奏，却有打动人心的感情在里面萦绕，与整个曲子结合得恰到好处，而且有种不屈不挠的倔强和小傲骨，很合拍，让人的心猛地一动。

毕业第一年报考研究生，差三分，第二年他继续努力，最后如愿考上中央音乐学院。研二参加上海举办的世界手风琴大赛，荣获银牌，他的笑容比手捧金牌的外国人还让人动容。

研三，他靠自己辛苦打工的钱，举办一场个人书法展。他站在自己的书法作品前，演奏改编的《西班牙斗牛士》，大家都感觉墙上的文字也在舞动，随着音乐舞动。

他的字颇有大师的风采，他说，自己是弹手风琴里写毛笔字最好的，也是写毛笔字里弹手风琴最好的，两个最好集于一身，他是骄傲的，无可厚非地骄傲。

喜欢就要努力，所有我们曾经经历的一切都会在未来的某个时刻回现，我们经常会恍惚，感觉现在的某个场景，某个黄昏，某个灯忽明忽暗的瞬间，好像曾经发生过。我们会站在镜子前，盯着镜子里那个有点不认识的自己，悄悄问，你是谁？你喜欢现在的自己吗？大多数时候我们只会低头说声，不知道！

不确定是我们对追求的目标能不能达到的一种怀疑，怀疑结果是否如愿，怀疑失意是否再无退路，其实我们无须活在对未来结果的万分渴望里，而应该活在对未来道路选择的坚定不移上，路一直走下去，还是路，不走，就是尽头。

生命不终结，我们的路就没有尽头，不需要每步都走得精彩，只需要走在路上，能记下路上的风景和人物，把感动积累起来就会变成爱。有爱陪伴，多长的路也不寂寞。

从来没有不劳而获的努力，坚持每一天，美好的情怀终会如期而至。

没有人可以
决定你想要的生活

懂得人生取舍的美妙，生活才变得更有意义。

当你年轻时，以为什么都有答案，可是老了的时候，你可能又觉得其实人生并没有所谓的答案。——《堕落天使》

没有人可以决定你想要的生活，人生本没有答案，寻来寻去，在面对与设想的结果相悖时，我们坚信这不过是暂时，暂时不代表永远，于是我们继续奔跑，满含希望的热泪继续追逐心中的答案。

再回首，我们常常忘记了苦涩，只记得甜蜜。青梅很青，果子很酸，却有人独爱那酸酸的味道。

秋子是我的一位挚友，她最爱吃山楂糕、酸石榴、没熟透的杏子，尤爱家乡的青梅。她的家乡遍地都是青梅树，漫山遍野的青梅藏在绿色世界的大袍子里，探头探脑。初秋，青梅红着脸偷看外面的世界，等秋风一凉，青梅就变成金黄色，远远望去，归山的夕阳，好像把最宝贵的那点光泽悄悄藏进青梅的身体里。

那时秋子跟小伙伴最爱玩的游戏就是"找果子"，淘气的他们在最大最红的青梅上用小刀刻上自己的名字，过三天约好时间再来找，谁先找到谁就赢。秋子每次都输，她贪吃，看到形大饱满诱人的大青梅，忍不住摘下尝尝，狗熊掰棒子的故事她听奶奶讲过无数遍，可见到好的，就是走不动路，不吃掉感觉对不起自己。

这种无比幸福的滋味在她13岁时戛然而止，头脑聪明的父母有钱了，执意离开祖辈生活了几辈子的穷山沟，去县城定居。也是在那年，我们遇见，并成为好友。

15年里，我们从没断了联系，她好或不好的小事我都知道，但在大事难事面前她只字不提。大学她去了最南方，我去了山东，距离很远，可她的青梅果总会不停地给我寄来，我越来越喜欢那种味道。

大一时，父母想念女儿，开车去学校看她的路上，出了意外，秋子没能见最后一面。

亲人先我们一步离开这个世界，离开的那天，天下大雨，刮狂风，黄叶被打落，黄沙被打成大坑。天晴了，秋子说，她第一次看见彩虹，看见海市蜃楼，可怎么也看不见亲人的身影。我睡着的半分钟里足足梦见爸妈十来次，我大喊一声，梦里的名字叫得那么清晰，可拍拍我肩膀的人却说，我在痛苦地哼哼，含糊不清地哼哼。

原来我连再叫一声爸妈的力气都没了。

深深陷入自责的秋子性情大变，原本的温柔变得蛮横，原本的善良变得凶残，原本的大方变得疑神疑鬼，那段日子她压抑的心脏总是憋闷，气短，呼吸不畅，整个后背总疼。

当父母辛苦了大半辈子撑起的厂子被拍卖，秋子感觉心空了，真的了无牵挂。在学校轻生，还好发现及时被抢救回来。经过多方考虑，学校安排秋子休学一年，也是在那年我才知道所有的一切。

我们跟在亲人的身后，总有一天会把他们跟丢，我们大喊着为什么别人都回来了，你们却不回来？要不就以埋怨的口吻说，你们让我坚强，为什么你们不坚强？

活着的人，生活还得继续。她回头去找其他亲人，有的人早已冷漠入骨。

财富可以拉远亲人感情的距离，就算你再慷慨再大方，也满足不了某些人的贪婪。秋子父母曾多方支援老家的亲朋好友，借钱的人络绎不绝，拿着旧情来做筹码，一次两次三次，人一多，谁也吃不消。吃不消只好善意拒绝，一拒绝，人们的心思就变了。有钱了，看不起穷亲戚，穷这个筹码把感情的天平偏向自己这头，没钱了，感情也变得很贫穷。

满山的青梅树没人管也没人问，粗枝烂叶。以前秋子的父母都高价回收，本着为家乡人做点事情的想法，但人心一变，人再一没，什么都没了。

秋子家的青梅酒厂荒了，疼爱秋子的爷爷奶奶白发人送黑发人后，不久离世，放假的秋子只能孤零零地在县城的老房子里待着。

一个人时，人是会胡思乱想的，责难再次纠缠着秋子不放，她整晚失眠掉头发，眼睛莫名会突然看不清东西，切菜做饭会发愣，手起刀落总是割伤手指。邻居总听见隔壁开着震耳的音乐，噼里啪啦的巨响，要不就是一声接一声的号啕大哭。那段日子秋子拒绝见任何人，也拒绝任何人来劝自己。

整个寒假我都陪着她，陪她哭陪她笑，陪她跑陪她跳，她哭我哭得比她还大声，她笑我笑得比她还疯狂。刚开始我一哭她也哭，后来我一哭她就停，扭头瞅着眼泪纵横的我，慢慢地她开始劝我，别哭了。我立马止住哭声，好啊，你不哭，我就不哭。

秋子笑我无赖，我笑秋子哭起来真难看，嘴巴张得能看到所有的牙根，好丑。她认真地问，真的？她站在镜子前，假装哭泣的夸张大动作，看完点点头，说，真的，真的好丑。

她最爱喝的父母酿的青梅酒没了，她喊我陪着她把整个县城附近的青梅酒厂转个遍，怎么也找不到当年父母酿的青梅酒的味道，她说那是幸福的味道，我一定要找到。

幸福就是天天吃苦药配冷水，突然有个人在这之后往你嘴里塞进一块糖果，原来甜滋滋的味道可以如海浪漫过整个身体。

我们的嘴巴紧紧闭着，不敢动，不敢咽唾液，担心一动，它会化得太快。

找不到，那我们就去做到，第一年秋子回忆着父母酿青梅酒的步骤，百余坛子的不同配方，愣是没出来。秋子又跟学校提出休学一年。第二年秋子不放弃，专门回老家采购青梅，请教家乡十余位酿酒老师傅按照不同配方发酵。这一次，秋子竟然在即将失望前看到了曙光，她终于再一次品尝到幸福的滋味。

她发誓，一定要把父母的阵地夺回来。

再回到学校，秋子发疯似的学习，毕业时学校要保送她读本校研究生，她拒绝了，多好的机会啊！我不明白。我说，你父母以前不是希望你多读书，考研究生，出国留学吗？你为什么要放弃？

秋子双手放在我的肩膀上，大眼睛有神地看着我，嘴角露着微笑，她自信地说，没有人可以决定我想要的生活，我的生活我做主。饶雪漫说过："我的心里有一面墙，推开就能看见天堂。"天堂怎能没有美酒呢？

秋子的青梅酒厂开业那天，我特意让她和我一起听那首《漂洋过海来看你》。

> 为你我用了半年的积蓄
>
> 漂洋过海来看你
>
> 为了这次相聚
>
> 我连见面时的呼吸都曾反复练习
>
> 言语从来没能将我的情谊
>
> 表达千万分之一

她抱着我说，谢谢，谢谢你能来。我搂着她说，谢谢，谢谢你能让我看到现在的你。

秋子说："在我青春散场的舞台上，还好自己是最后一个出场的人，这样我才有足够的时间准备，准备把我的台词多背几遍，准备把我的动作多修改几遍，准备把我的错误多弥补几遍。可到了舞台上，我突然头脑一片空白，什么都忘了，忘记真是可怕，我怎么忘记我是谁了！

"舞台好大，灯好亮，我好像听见下面的人在喊，下去吧，下去吧！原来我们都是为别人在表演，听别人喝彩，鼓掌，听别人吹口哨，打拍子，更或者被别人轰赶，扔臭鸡蛋。

"可那是我的演出，还没开始我为什么要下去。灯暗了，我从黑暗里走到台前，我好像记起些什么。于是我大叫，我就是我，与众不同的我，受尽苦难的我，不屈不挠的我，勇气可嘉的我，无人能敌的我！

"爸妈，天堂里人来人往，可我再叫你们多少遍，你们都不会回头。

"我不知道天堂的模样，我更不知道去天堂的路，当你们爬到半空时，我会扶好冲天的梯子，不敢分心，担心一个不小心会让你们摔下来，那一刻我希望你们早点都到达天堂。"

我们一生都在寻找最合适自己的答案，最后才发现合适的就是最好的。

没到最好的时候，就不是结果。

没有人能决定你想要的生活，只有你，配得上跟自己吆五喝六，配说自己一伸手就能够到天。

你说，这是你想要的。懂得人生取舍的美妙，生活才变得更有意义。

寒冷的夜，
你想念哪个人取暖

　　　　　繁华终会落寞，我们从繁华里经过，不求爱一次就对眼，真爱一次就成功，我们只求受伤时，自己能好好疗伤。

　　雪花纷飞的夜，木子站在租住的破旧楼房门口，等联系好的开锁公司来。

　　花坛的瓷盆里不知被谁偷偷栽下一小株仿真桃树，粉色花瓣托着白润的雪球，风吹桃枝摇，松茸的雪打着滚调皮地从高空朝下跳。三十分钟了，人还没有来。雪下得更猛，她很冷。

　　桃花陪着不再美艳的她。

　　木子给那个人打过一个电话，对方冷漠地说，打不开家门，我也没办法。

　　她立刻挂断电话，狗屁爱情，真爱的谏言都是狗头军师的马后炮，没谈个十次八次恋爱的人，写下暖男暖宝暖心大叔，还有不离不弃的青梅竹马或者两小无猜的故事，掀开面纱，没准对方刚跟渣男大战一场，文武全套；没准刚写完分手协议蒙着头在被子里擦完鼻涕，十来卷的卫生纸早被搓成丧花，起身踩满脚，正大骂，恶心，浑蛋，谁他妈都气我。

有段时间，这就是她的翻版。

她把影碟倒放，关掉字幕，一字不落地念出台词。唯独对那句"山无棱，天地合，才敢与君绝……"哽咽得说不出口。

雪不停，冰上锁，去哪儿找什么地老天荒？

五十分钟后，木子终于等到车坏到半路的开锁公司，交完80元开锁费，找出房间里的身份证，男人验证后，门一关，温暖好多。夜被推得好远，这堵墙让雪花撞得头破血流。她没有脱衣服钻进被子里，蜷成虾球状。

想找个人取暖，不是寂寞和孤单，而是因为疼。

打开手机视频正看到林志玲在哭，聪明、智慧、知性、优雅的女神也在哭，原因是因为前男友的一段文字。

"当王子知道公主生病的时候，王子正在打仗。王子说，他不管了，他要放下那场战争，他要逃亡，他要去看他的公主。当他穿过重重阻拦和岗哨，终于到了公主的地方。王子打开门，他哽咽着想说很多话，他连对不起都说得支离破碎，他连怎么抱她是最好的姿势都弄不明白，终于跪下来大哭。女孩也哭了，因为她从来不知道，为什么两个相爱的人，在受苦的时候想要亲近，会那么疼。"

因为错过了爱情，她哭了；因为错的相爱的人，大家都哭了。

木子有时实在想不通，自己终于打胜了亲人阻挠这场硬仗，男友却变成缩头乌龟。寒冷的夜里，俩人曾相互取暖，那个替自己暖手的男人，那个为自己暖胃的男人，那个暖言暖语的男人，那个被大家说自己赚到的男人，那个自己跑过来结巴着表白的男人，怎么会一下子变成彻头彻尾的懦夫？一个刽子手，说爱情是假的，说真心是假的，说把你夸成一朵花是假的。

都他妈是假的！

木子和男友是大学同学，男友很帅，高高酷酷的。木子很有才，她暗恋男友好长时间，男友一表白，木子激动得哭了，男友以为吓到姑娘，不停道歉。

俩人真的感情很好，唯一的缺憾是男友家在东北，木子在河北，一字之差千里之遥。男友毕业要回去，木子说，我跟你走。

可爸妈不同意，以死相逼，木子以绝食回击，爸妈最终心软，放任自流。

俩人谈婚论嫁时，木子父亲单独约男友谈，谈完男友脸色不好，三天没跟木子联系。那段时间妈妈天天吃药，木子问她，她总是笑着说，胃病，小事，别担心。

三天后男友的母亲跟木子打电话，你和我儿子的事还是算了吧！我们家条件不好，攀不上你们家，也出不起那么多钱填窟窿，你还是别联系我儿子了。

傻掉的木子冲父亲发火，从来不落泪的男人捂着脸大哭。木子才知道妈妈是胃癌晚期，父亲本想尽快订结婚的日子，让木子妈高兴高兴，随口说出她妈的病情，让男人宽心不会让他为难的。

男人放弃了感情，因为害怕。

都说责任越大，压力越大，没有责任，当然就没有压力，一直都是木子在战斗，伤着亲人的心，跟一个说爱自己的男人想到私奔，逃跑，躲掉。

没想到，先躲起来的人，是他。

那段时间，木子用回忆男友的好打发苦闷，好像这样自己才没有败，曾经的爱情才是真实的，是真心的，她也害怕输，好像这是赢的另一种方式。

妈刚动完手术那会儿，特瘦，但精神很好，特乐观，仿佛把生死都看透了。

一年后，男友开始发道歉的短信，后来发想你离不开你的短信，最后说要见面，要复合，要跟她父母说道歉。

木子回，晚了，你跟另一个世界的人道歉有意义吗？我们之间不是爱情，本就是一段错误的遇见罢了。

这个大雪的夜，木子突然感觉好冷，心里总有个柔软的地方在那里鼓胀，手指一碰就有触电的感觉，心思一动那个地方就热乎乎的，曾经特别特别恨的那个人，还在心里。

木子从单位走路回来，不小心摔倒，扫雪阿姨善意提醒，丫头，慢点，那一声跟妈好像。

走到四楼才发现钥匙没带，顺着楼梯下去，两行雪脚印跟在后面，当她看到那株桃花，她又想起了爱情。

何炅节目中说过一句话，道出痴男怨女的本质："你爱的其实不是他，而是你自己爱他的那种感觉，那种可以毫不保留的感觉。"

一个人时，经常会欺骗自己，推开门他还在那儿，打开衣柜那件白色衬衫还在，进到厨房被切成大木棍的土豆丝还在盘子里，微波炉里热爆的鸡蛋残羹还在，一起水培的风信子还在开紫色飘香的花，甚至他帮我洗的毛巾还湿漉漉，滴答滴答的。

欺骗自己时，场景如此清晰，好像回放慢镜头的旧电影，好像只要你喊声停，时间能倒流。

因为冷，因为疼，会想想，它们不是疗伤药，而是曾经美好的爱情，爱情里曾有个让自己取暖的人，你感受到的是爱情的美妙，早不是过往男人模糊的那张脸。

寒冷的夜，你会想起哪个人取暖？

我会想起一个帮助过我的陌生人，他曾借我手机给着急找我的家人报声平安；我会想起一个很小很小的小男孩，他非让我抱抱，还亲亲我的脸，喊我姐姐；我会想起在医院里我累得睡着，给我身上搭件衣服的隔壁阿姨；我会想起曾经暗恋过的男孩，分手的恋人，还有没能走进婚姻让我受伤的男人。

如果没有伤，笑也会无味。

如果没有寒冬，春天的期盼都是枉然。

我们每天都活在希望，奋斗和惊喜中，我们也活在伤痛，残酷和卑微里，我们总在一个人的时候，感觉到更冷，冷是一杯烈性的酒，烧得人心火辣辣。冷过之后格外珍惜温暖的感觉。

被子很暖，可我必须要早起，醒来梳妆打扮，按掉闹钟，冲进卫生间，穿上高跟鞋，出门前细心检查下钥匙是否在身上。关上门，跟昨天的自己说，拜拜。

下楼时，把男人的号码删掉，拉进黑名单。

门口，跟桃花说句，桃子熟了吱一声。

我们曾因为感动落泪，心里还在想我什么时候才能遇到那个互相取暖的人，没遇见之前，自己就多笑笑，路上给人让座，听见谢谢这么温暖的话；扶老人一把，听句丫头你真好这么温暖的话；帮工作中同事排忧解难，听见下班一起喝咖啡这么温暖的话；事业败了，听自己跟自己说一句，不要灰心，加油，这么温暖的内心独白。

世界有多繁华，世界就有多温暖。

繁华终会落寞，我们从繁华里经过，不求爱一次就对眼，真爱一次就成功，我们只求受伤时，自己能好好疗伤。

生活里有太多温暖故事，冷的也被感染变暖，让自己每天好一点，内心的充盈就会丰满一点。

爱情从未离开，它在那儿，等你来，温暖两个人，走过全世界。

有些路，
总得一个人走

　　有的路，总得一个人走，哪怕只有一丁点的曙光，我
们都要把黑夜撕开一个大口子，让光照进来。

　　以前，我这人不怕走夜路。

　　现在，我最怕走夜路。

　　因为一个人的离开，我才明白他早已是我心中的精神灯塔，现
在塔还在，灯却不亮了。这次是我写文以来，卡文时间最长的一
次，甚至我都想放弃。我不知道剩下的路，是不是还能一个人走
下去。

　　现在，我太容易回头，一个咳嗽声跟他好像，一个喷嚏声跟
他好像，一个喊"喂"声跟他好像，甚至一个人的脚步声都跟他好
像。他是我的恩师，曾经的领导，走时的干爸，我一辈子最敬重
的人。

　　他身体好时告诉过我，有些路，总得一个人走，你不应该总要

求助我们，总该试着去独自面对问题，克服困难，勇敢地长大。

如果长大的代价是让我们失去一个伟岸的人，那么我宁肯跟老天央求，祈求，哪怕跪下来求它，我都乐意。

从我们决定长大时，其实早已经松开了一双双扶持的双手，以为他们随时跟在身后，其实送我们上路，他们就停在了原地不动，比如小时候学骑自行车。

我跟爸说，扶好，不要松手，你保证。

老爸说，我保证。

我担心地说，你松手，你就是小狗。

老爸说，好。

结果，我在离他十米的地方摔倒，他跑向我的速度，真的比小狗还快，还小的我真的在骂他，骂得好凶。

他竟然厚着脸皮笑着说，多摔几次就学会了。痛是我的，你不知道吗？我翻着白眼瞪他，他朝我傻乐。

又多摔一跤之后，我真的学会骑车了。原来知道随时会受伤的我们，会变得很小心，会在起步前做好十足的准备，会考虑到怎么摔不疼，怎么摔会让自己不出丑。学得快，看来与他松手松得早真有必然的关系，长大后，我才肯承认。

恩师是个不畏惧死亡的人，他的身体他知道，早晚有一天要离开，可却在最不想离开的时候走了，我真为他感到委屈。上天真是冷酷，不愿意厚待任何一位好人。

我含着热泪看完于娟写的那本书，《此生未完成》，本想感受下恩师所受过的痛苦，读到最后眼泪却不流了。我都在质问自己是不是忘恩负义的小人，恩人没了怎么能不哭呢？笑，哪怕仅仅是一丝的苦笑都是对恩师恩情的亵渎。

痛肯定是痛得熬不住了，要不然穿过几次鬼门关的恩师也不会喊出来，他清楚疾病恶化了，更明白猝死的含义。最后他仅仅挣扎了不到四个小时就走了，家人心痛地喊他，怎么不知道坚强。

一生的坚强，总有累的时候，我猜您肯定是太累了。

那一刻，我突然好想把窗子打开，嘴里喃喃自语背着书里最喜欢的几句话。

我的房间很小，我就把窗户开得很大。

我的感情很重，我就把诺言许得很轻。

我的往昔很空，我就把今天填得很满。

我的喜悦很少，我就把笑容积得很多。

于娟的故事读完了，恩师的故事还没有动笔。在写文的这段日子，我总是感觉很恍惚，总觉得我要睡觉，我要快快睡觉，那样你就能托梦来看我，我就可以再跟你说说话。一个梦境里说不完，我就把梦的细节都记下来，常说日有所思，夜有所梦，第二天我们再开始。

可您一直没来看我。

有的梦，做一次就完了，永远找不到再次进入的方法。

再苛求，那么我的黑夜只能灯火通明，睡不着，我的黑夜变成了白天的一部分。

这段路，我刚刚开始走，缅怀一个人，需要多少时日，我不知道，我却知道忘记一个人需要一辈子。

今天看《金星秀》，采访对象是王姬，提到她现在22岁的自闭症儿子。关于自闭的这个话题你也给我讲过一个故事，现在我先把王姬的故事说给你听。

王姬是我很佩服的演员，她从容地讲到自己用了20年的时间才认清一个现实，儿子的病治不好了，一辈子的事，我是一个"死不瞑目"的母亲。主持人金星提到，很多自闭症家长都说过这样一句话："希望自己能比我的孩子多活一天。"听完现场观众都哭了。

原来活着的希望很简单，只比孩子多一天就好，不贪不念。

他们是天使，天使落入人间，最需要亲人的呵护。

他们都是呵护天使的人。

王姬说，我会坚持，我会努力。努力给孩子创造更好的环境，努力跟孩子待的时间长些。

恩师曾讲过他的一个朋友，孩子也是自闭儿，现在将近30岁，只有六七岁的智商。朋友喜欢写诗，常带儿子去博物馆门前的长椅上写诗，高个子的儿子最爱追鸽子。他喊，小心，别摔倒了，一边写诗一边观察儿子的动静。

很多人都围观，围观一个成年人正像一个孩子似的追鸽子玩，家长竟然还不管，都在议论，那个家长真不负责，估计那个孩子是傻子……

他说要是以前我肯定很生气，干吗说我儿子是傻子，他不傻，他只是在自己的世界里出不来。现在我一点也不生气，因为，儿子的世界他们永远不懂，儿子父亲的世界他们更不懂，干吗跟不懂自己的人较真，浪费时间。

恩师问他，你怕死吗？

他说，怕，怕得要命，我比任何父亲都爱惜自己的生命。

最后，恩师的朋友患上重病，为了节省家里的开销，选择轻生。恩师难过地说，真不值得，哪怕我们这帮朋友卖房都得帮你，干吗不能再坚持一下。

有些人的有些路可能我们一辈子都无法理解。再悲剧，在儿子心里父亲只不过是暂时看不见了，他变成了天上的一朵白云，变成了一只吃食的鸽子，变成了一只眨眼的星星。他可以朝任何他认为是父亲变的东西，结巴着喊，爸爸。

他的世界还是完整的。

他还在走自己的路，不紧不慢，快快乐乐。

有时候，我真希望自己变成一个傻子，可我不能，亲人未完成的事我还没有做完。有一些路，我还没有走完，就算路上只有我一个人，哪怕在黑夜里，我也要举着火把为自己照亮，取暖。

我们总要承担一些责任活着，有时很累，但那不是真的累，只是一种希望不能快点达成的急迫感。我高兴自己还能有这种急迫感，让我知道路上不能慢，要快些，快些。

有的路，总得一个人走，哪怕只有一丁点的曙光，我们都要把黑夜撕开一个大口子，让光照进来。

那边很冷吧！我们只想为你们取暖。

Part 4

学会正视自己，
正确看待自己

走过很多地方，看过无数的风景，跟无数的人擦肩而过，到最后，才发现，每一次回忆都会遇见更新的旧友

我们都是
制造风景的人

　　路上，总会有那么一个人，让我们瞬间成长，让我们总想用什么东西来缅怀和铭记，岁月这个摸不着头脑和边际的东西，最是无情，无情未必不是真性情。我们的心里总有一个心结需要打开，就像一座大山的山路，我们在山脚下，山路就跑上了天；我们站在山顶，山路就断断续续地忽隐忽现，总有那么一个人，出现的次数比消失的次数要多。

　　枇杷，我大学老乡，身材好，模样好，家境好，学识好，我们两个很合拍，我曾是她的小跟班，她喊我小尾巴，我叫她大灰狼。

　　学校附近都是未开发的野山，野山也有野景，有土地公公庙，灰头土脸的泥人披着类似袈裟的袍子，稳稳坐在中间。我们看着古朴的乡野小庙，大娘大爷们不时回头瞅我们这两个疯丫头，叽叽喳喳地把大山都捣鼓醒了。人家虔诚地磕头作揖许愿，我们偷偷给人家的肥腰胖臀拍照，拍完笑个不停。

黑皮肤的大娘厉声打断我们，一边玩去，打扰我们上香，土地公公会怪罪的。

我们被人家赶走，围着野山转。山半腰有处泉眼，栏杆围着，滴答滴答地溢水，我们双手捧着接过来，我喂枇杷，枇杷喂我。这时一个八九岁的小姑娘从我们身边经过，两手拎着破旧的水壶。

我们喊她小妹妹，问她山上有什么好玩的，有没有野果子，有没有山珍，有没有小松鼠，有没有……

她扭头冷着脸回句，山上有蛇。

我们吓得拉住她的胳膊不敢走，枇杷反应快，抢过小姑娘的水壶忙献殷勤，我们俩帮你，我们俩帮你。

泉水是帮了，我们也蹭到一顿纯正的山村美味，素炒山蘑、凉拌野菜、贴饼子。小姑娘名叫燕子，只有一个年迈的奶奶，爸妈外出打工。奶奶不舒服，所以她请假没去上学。我和枇杷邀请她到我们学校玩，燕子请我们下次去山上探险。

天阴下来，我们只好匆匆跟燕子和奶奶告别，去赶汽车。

回到学校忙起来，每天浑浑噩噩地吃了睡，睡了吃，三竿而醒的好日子过着。学业特松，松得我们感觉自己身上都长霉点了，估计心都变馊了。大一上半年，我们的青春无处发泄，我们的火气越来越大。枇杷跟学生会主席大吵一顿，源于她提出的爱心社活动方案被否。我跟街边的小贩大吵一架，坑人强买强卖的主儿横到家了。

小小年纪的燕子来学校看我们时，枇杷正在发狠地洗衣服，衣服被揉得软塌塌，因为兴奋把水洒自己一身，我因为特兴奋从上铺下来摔了个大屁墩。她浑身湿漉漉地在前面跑，我在后面一瘸一拐地紧跟。

滑稽和可爱都一下子窜到我们俩身上。那个说满山是蛇的小姑娘，那个探着半个身子在大铁锅旁炒菜的小姑娘，那个把舍不得吃的糖酥使劲塞给我们的小姑娘，长高了。

燕子带了好多的野山楂、酸枣、野柿子，我们带她参观学校。她嘴里除了哇塞，妈呀，太大了，真宽敞，书真多，真漂亮之外就没别的。她喊我们下周一起探险，探古长城，钻山洞，找野菇。

回去时，我们给她买了好多好吃的，她不情愿地背着手，死活不接，不管我们怎么说就是不答应。枇杷发狠说，不要就别走。

燕子哭着说，姐姐，我要，我都要，你们能不能把吃的换成书，我不要好吃的，我要看书。

接下来的大学时光，我们一直跟这个妹妹有联系，经常寄书给她，她经常给我们写信，我们也定期给她回信。毕业离校时，由于我家中有急事早早离开，没能见燕子一面。枇杷专门又去看望燕子和奶奶，听说那次，她们真把没有走完的那条漆黑山洞走完了，我羡慕得不行。

再然后，我们突然没了燕子的消息，写好多封信她也不回。我们心里总是咯噔咯噔地响。打雷打闪时看着屋檐落下的雨滴，想象着是不是燕子和奶奶家又要把锅碗瓢盆放满屋，听着滴答滴答的声音没法入睡。

燕子喊我小尾巴姐姐，喊枇杷大灰狼姐姐，山上我总是最后一个紧紧拉着燕子的衣角。真的，我对蛇怕得要死，经常被她们俩吓唬，我能原地蹦三尺高，连跳十个都不带停。

枇杷经常使坏，我们都喊她披着人皮的大灰狼，可现在大灰狼找不到喜羊羊了，那片草原还有没有，那只小羊还在不在。

　　"山不在高，有仙则名，水不在深，有龙则灵，斯是陋室，惟吾德馨。"工作后跟随单位出去旅游去过很多山，到过很多庙，拜过很多菩萨，吃过很多野味，笑声一下就消散，再回头山矮得不成样子，水浑得不成体统，庙新鲜得让人以为是昨天刚砌起来的。

　　毕业两年后，我和枇杷约好日子，一个从南出发，一个从北前往，聚集到山东一个叫博山的地方，去找消失很久的那个人。

　　土坯房早塌了，人早没了，邻居的这句话把我们说傻了。什么叫没了，没了就是没了，好好的丫头为救一个外人，意外摔下山崖，发现的时候，脸都看不清模样。老人伤心过度也早走了。

　　我和枇杷失魂落魄地各自归入正途，对，正途。我们给身边的朋友说起那叫燕子的小姑娘，他们都笑着说，说我们在讲故事，根本没有这样一个人，就算有又怎样，这样的人多得是。是，这样的人多得是，可我们只遇见了一个，就活在我们心里。

　　她还没有看看外面的世界，她说她还小有得是机会，只要自己努力学习，一定可以去到更远的地方，看更美的风景。

　　我们的风景里只有她，她的风景里只有大山。

　　山上有蛇，我最怕蛇，可那次回来以后，我经常一个人出去爬山，爬山只为找到一条蛇。找到后我会指着蛇的脑袋说，你听着，我不怕你了。我手里紧紧攥着一根棍子，就像攥紧燕子的衣角，燕子灵活地绕到蛇背面，灵巧的小手，嚓地抓住蛇头，小胳膊不停地甩动，蛇的尾巴总在半空松下来，使不上力气，时间长了，蛇也累了，身子悬成了一根停在半空中的木棍，笔挺的，乖顺的，好像睡着一样。

我总在想，如果我能找到一条小蛇，就能听到燕子清脆的喊声，站住，别动，我来。

枇杷办了裸辞，全身心投入考研中。她说她要去看看更大的世界，她不想把外面的世界一下子讲完，讲给梦里的燕子听。

路上，总会有那么一个人，会让我们瞬间成长，让我们总想用什么东西来缅怀和铭记。岁月这个摸不着头脑和边际的东西，最是无情，无情未必不是真性情。我们的心里总有一个心结需要打开，就像一座大山的山路，我们在山脚下，山路就跑上了天；我们站在山顶，山路就断断续续地忽隐忽现，总有那么一个人，出现的次数比消失的次数要多。

我真的不知道生命的意义到底是什么？没有什么命中注定，更没有什么天命难违，我们总是在恰当的时机遇到恰当的一个人，她说过的每句话我都能记住，她的每个笑都能让我笑醒，她离开的那个地方是我最无法放下的峡谷，再浅也漆黑，再深也无底。我们放不下绳索，甚至我们都放不下自己的一只脚，我们没有办法再把漆黑的山洞走一遭，我们也没有办法再把采来的野菇炒出同样的味道，我们无法让雨水打在原来摆放脸盆的地方，听同样的滴答响。

老宅子不在了，可大山还在，你不在了，可我们还在。

我们不是大山的孩子，但我们是大山的朋友，如果有机会，我们也会像你一样把整个大山走一遭，虽短的山路也会有别样的风景。

当我写到这，我突然有点放下了，我不知道自己写的是什么，但是我知道里面有个小小的你，有两个成年人在不时回头看，看你陪我们一起走过的岁月。

岁月这东西真得人心，让我们每一条路上都有你。有你，真好，为你，我们要走得更远，我们要把山踩在脚下，把你走过的路重走一遍。

我们都是制造风景的人。

除非你同意，
任何人都不能伤害你

> 我们不应该放弃什么，而应该放下什么，放下的都是
> 陈年旧事，放弃的都是水月镜花。旧事还在路上不停被翻
> 出来，颠来覆去，可镜花早已枯萎，水月早已无影。人总
> 会消失，世间没有相同的路让我们走上第二遍。

邻家女人遭遇家暴，警车一到，醉酒刚醒的男人被咔嚓戴上手
铐，回头冲着空荡荡的防盗门大骂，你个臭娘们，找死啊！看我出
来不弄死你。

看热闹的人群猛地散开，生怕身上沾染上一丁点邪恶气，讨没趣
的男人被粗胳膊的女人扭着耳朵，揪进家，咣当抬脚把铁门带上。

警笛声消散，散开的人们又呼啦聚拢成圈，多事的婆姨游手好
闲的男人爱聊家长里短的老人开始七嘴八舌地嘀咕，哎，打得重不
重啊！哪个男人喝点酒不发酒疯，还值得打110，要不要脸，把自
己男人亲手关进警察局，你说那男人到底娶个多心狠手辣的女人，

真狠啊……

难听话一大堆，好像穿了二十年的脏衣服一下子脱下来，把原本清澈的河水都染成了黑色。

I

老家有个舅舅，二姥姥的孩子，一个平时特本分的矮个小男人，最馋酒，一喝就大，一大就满世界给人下跪。常说男人膝下有黄金，上跪天地，下跪父母，人家可不这样，连三岁的娃娃都跪，就差给鸡鸭鱼狗和圈养的肥猪跪了。

理由，只有一个，我生活不如意，我心里难受。难受就连哭带喊外加跪着抱紧人们的大腿哭诉，哭诉芝麻小事生活琐事，号叫起来能把你的耳膜震碎。

醒了一点印象没有，稍劝一下还被人家反过头来大骂，说谁呢？说谁呢？我怎么可能那样？别糊弄我了！

时间长了，半村子人都被他跪过。喝醉了，人家照吃吃照喝喝，脚底下哭泣的就像是一只呆傻的小狗，踢一脚人家又立马抱上另一条大腿，继续。老婆带孩子回了老家，实在受不了，太丢人，离了，当时孩子还不会叫爸爸。

我不知道喝醉的滋味，我纯粹一杯倒，满脸通红，外加说话结巴。我最怕喝酒，实在推不掉，只好喝口酒喝口水，偷偷把酒全吐进水里。说实话，我特怕喝醉酒的人，尤其是女人。

我闺密因为男人花心，喊我们几个去喝酒。酒壮怂人胆，平时文静的姑娘，喝高后开始跳脱衣舞，好不容易把她连捆带搂地拽到外面，人家竟然抱着电线杆死活不松手，说我们心真狠，让自己跟自己男人分开，打死也不分开，分开就要打死，手脚全使上，把电线杆上微弱的灯摇晃得忽左忽右。

我真想拿块板砖敲晕她的脑袋，我也真想把她的撒泼样给录下来，好好羞她一回。另一个闺密从小店买回一瓶冰水，劈头盖脸就给她浇了，浇完，人家气呼呼地打车走了。醒了一半的闺密愣没反应过来，自己在哪儿？

花心男被闺密堵在床上，什么也没说，转身给自己灌了半瓶白酒，举着大菜刀追得男人和半裸的女人夺门而出，门一关，她醒了。

很多喝醉的人，有时并不是真醉，只是借假醉把疯狂的自己挣脱出来，都说人有双重或三重性格，时候一到准能现身。

现实有时太过清醒，清醒的不知道理智和道德的界限在哪儿？于是很多人靠酒精来突破自己，就像突围。

2

突围也需要代价，例如失去孩子。

王姐独自支撑一家养老院，老人们都亲切地喊她王院长。六岁的儿子被男人藏起来，虽然判给女方，可男人怀着恶意把孩子藏起来。原来小孩可以用藏的，藏起来，那么小，怎么找也找不到。

找不到也要找，王姐家里没有外人，除了病快快的父母和不听话的浑蛋弟弟。弟弟早年犯事被关起来，没办法，她一个人四处找孩子。她喊过，她骂过，她砸过男人车，她叫过警察，她从两米高的墙头跳下过，她为见孩子一面能把老命都豁上，她明明听见里屋孩子在哭，却不能亲眼看到孩子叫妈妈。

妈妈，她六个月都没有听见了。

男人只留给她那个入不敷出的小小养老院，她有时真的孤立无援，警察再通人情也不能三天两头地为你个人所用。时间长了，警察也烦了。男人后来学乖了，掌握着与法制抗衡的度，耍得王姐心力交瘁。大半年的时间，孩子被男方教得越来越听信对方的话，把妈妈想象成一个坏女人。

孩子本无心，可孩子的话最伤人心，那段日子王姐吃住在养老院，把大爷大妈当亲妈，把老爸老妈也接过来，一起跟老人唠嗑、打牌、抢电视看。时间一长，原本冷清的养老院越来越热闹，口碑真的需要人口口相传，她的"爱心养老院"入住的老人越来越多，有点挤，有点热闹，有点欢笑，有点吵闹。人老了，最怕闲着，闲下来就得病。心病，心病还得心药医。有那么一两个对脾气的，天天吹胡子瞪眼，吃饭抢着吃娱乐抢着朝前赶的老伙计，日子就是过得快，每一天有人闹小脾气，有人劝和，有人嚷嚷我不是小气人，有人笑他真大度。

那群老人笑起来，比热浪还热。

3

男人满世界喝大酒，花大钱，醉了，火气上来把对方给捅了，一把尖刀给人家捅了三刀。酒真是毒药，要人命的毒药。

八个月后孩子被主动送回来，王姐觉得自己的世界圆满了，没有什么比让儿子快乐地成长更重要的事。孩子慢慢跟老人们熟起来，他说自己有三十二个爷爷、十五个奶奶，还有六个叔叔、四个阿姨。他说自己的家真大，肯定是全天下最大的家。

她定期带孩子去牢里探望男人，毕竟那是孩子的父亲，打断骨头还连着筋的父亲。是父亲，当儿子的就有责任去照顾，去探望，去宽心，去让他警醒。

那个男人竟然驼背了，头顶秃了，再见王姐总是低着头，听儿子叫爸爸也摇摇头。家被败光了，家底被掀开，男人的父母孤苦伶仃，王姐也诚心诚意地请老人来养老院住。

再见王姐是在MBA培训班，她穿得还是那么简单，笑容还是那么温和，她说得最多的是第二家养老院开业的事，说得最多的是老人的健康和营养搭配，说得最多的是孩子的学习和搞笑的事。

我说到恨，问她有没有恨那个人。

她说，干吗要恨，谁都要走弯路。在这个世界上没有谁对不起谁，除非你同意，任何人都不能伤害你。

伤害这种事最大的主宰者就是自己。我们没有办法主宰别人的命运，但是我们会喟叹他人命运中的弯路，我们没办法叫醒他们时，请让他们自己打醒自己。

4

二姥姥家的那个舅舅后来年纪大了，酒精中毒，孩子专门把勤工俭学的钱都给了"父亲"。那个舅舅说，原来人的一生最想听到的是有人喊你一声爸。闺密曾经的花心男被一帮大老爷们当街狠揍，是闺密挺身而出举着板凳砸开一条生路，将他送到医院，并付了医药费。

我的那个舅舅年龄大了，再也不喝酒，谁劝也不喝，说喝酒耽误了自己一辈子，不值得。

花心男后来找了个老实本分的女人成家，过普通人的日子，再也不拈花惹草，他说那是害虫，早晚被人灭了。

牢里的男人多次得到减刑机会，他捎话让王姐再等等自己，等自己出来了一定改头换面，重新做人。

王姐说，我不是缺了男人不能过日子的女人，我一心扑在事业上，儿女情长的事那都是小丫头小伙子考虑的，我只想让老人们都能安度晚年。

除非你同意，任何人都不能伤害你。

以前总觉得伤害我的人我要记着，这个仇我得报，现在才知道原来允许别人伤害我们的不是别人，而是自己。我们难得一生风平浪静，寻叶扁舟就能一下子走出大海。我们把自己托付给某个人，寄托给某个人，情感放在某个人的身上，以为船不会破，不会翻，不会被吞噬，也不会被自己嫌弃，只等着他渡我们过河，过江，过海。

走着走着，落水的时候，我们最怪的还是那条船，那个人。

生活中我们应该对某些事做出多种应对措施，哪怕提出最坏的结果。其实结果本没有最坏，只有更好。

有时目标就在弯路上，我们绕着绕着就会迷路，就会丢掉目标。但人本心的善，人心底的爱和无法割舍的亲情，会让受伤的我们慢慢舔干血，看着伤口愈合。

我们不应该放弃什么，而应该放下什么，放下的都是陈年旧事，放弃的都是镜花水月。旧事还在路上不停被翻出来，颠来覆去，可镜花早已枯萎，水月早已无影。人总会消失，世间没有相同的路让我们走上第二遍。

走多远都是新的开始。

我们都是
有缺陷的人

还好我们都有飞翔的愿望，有愿望就会一直抬头看天，而不是低头走路。如果我们被生活的阴影遮住，不要怕，慢慢走出来，其实任何阴影都是我们另一场人生的起跑线，不需要太快，一步就好！

"世界上每个人都是被上帝咬过一口的苹果，都是有缺陷的。有的人缺陷比较大，是因为上帝特别喜欢他的芬芳。"

苹果很甜，十年前我早知道。

高三住宿，那年的宿舍特别暖，可去集体卫生间却要走好远的路，我们总把自己裹成大粽子，穿着羽绒服，趿拉着棉鞋，小碎步急匆匆小跑。

那是个周六的晚上，八点左右，我第一次碰见苹果，一个红着脸蛋呼着热气，趴在卫生间窗户上朝外看，衣着单薄的姑娘。我特别着急，可羽绒服拉链就是拉不下来，瘦瘦的姑娘走过来，笑着说，我帮你。她的手很凉，比冰碴还凉，干瘦的小手骨关节碰到我的胳膊，好像一块被冻僵的木头，硌得我生疼。

我喊她到我们宿舍玩会儿，还问她是哪个班的，叫什么，怎么没见过。我低头又裹紧自己，冻得来回跺脚。

她还是笑着看窗外，不回头，也不说话。

当她被学校保安扭着胳膊推搡着赶出校门，我才知道，她是我们上两届的师姐，高考意外失利受到刺激，大脑有点糊涂。

她不停地大喊，我没病，我不是傻子，我没病，我不是傻子。

那段时间学习压力特别大，总上火，耳朵后面长出大串的葡萄疙瘩，医生说需要动个小手术，否则会引起其他问题。紧接着我牙疼得厉害，整晚整晚睡不着觉，疼得我举着大拳头打自个左脸。

疼起来我会一个人偷跑到外面吃雪，大把大把地吃雪，牙床都被冻僵。我嚼花椒，大口大口地嚼，有时疼得我想拿头撞墙，药吃不少就是不见效，牙床全肿了，医生说只能消炎后再拔，这时耳朵后面的那串葡萄疙瘩摸着更大了。

周末回家，路上意外碰到那个叫苹果的"疯子"，别人眼里的疯子在我看来却很正常。她正坐在小板凳上认真读书，我骑车过去，又推着回来。她还在全神贯注地读，我隐约听见读的是英文，发音很好，读得特流畅，她读："Each man is the architect of his own fate（每个人都是自己命运的建筑师）。"这句我却从未听过。

她朝我笑笑，喊我坐，把板凳让出来，蹲一边，继续读。

一只黑色的猫在街上慢吞吞地溜达，好像一个逛街的闲客，东蹭蹭脖子，西刮刮耳朵。人们从她身边走过，她目不斜视擦脚而过，不慌不忙。我正盯着那只黑猫瞎想，苹果喊它，老黑过来，那只猫竟然真的欢快地跑过来，温顺地趴在地上，脸放在苹果那双粗糙的棉布鞋上。

我不相信，不相信别人对她身份的定性，我真的不相信，我盯着她柔顺漆黑的头发，眼泪差点掉下来。

我还坐在她原来的地方，她蹲得很低，我多次央求让她坐，她笑着说，超，你坐，你累了。

一直以来我的家人都唤我小超，超子，最好朋友喊的也是敬超，而我们只见过一次面，我只告诉她一次名字，她记得那么清，还那么亲切地喊我超，我突然不知道说什么好，想离开的想法被她的一声呼唤打消。

那次我们待了大约五十分钟，她请教我单词的发音，我请教她背课文的秘诀。她背好多的英语名言名句给我听，让我回答中文意思，好多次我都说不上来，她笑着说，加油啊！

她说自己没有电话。我说，我写信给你好吗？

她说，你也没有电话，我写信给你好吗？

我们都朝对方点点头。

高三下半年，我给她写15封，她回我18封信。我是一个随意的人，兴致来了会在课堂上偷偷写，有时高兴了会在半夜举着手电筒躲在被窝里写。我从来不是工工整整做事的人，信封里有时只是一句话，有时会是一幅小画，有时是一句诗，有时是满满三大张密密麻麻的乱字，可我知道她能明白，我就知道。

她讲自家小舅种好多葡萄，每年秋天都会酿好几大罐的葡萄酒。葡萄洗干净后弄碎，她说真喜欢那种感觉，圆溜溜的小脑袋被扑哧扑哧地捏爆，每粒葡萄都是自己的一个想法，一个冲破不了牢笼的想法，我捏爆一个，心里喊声，你真棒，你真棒。

我挺过那段灰暗的日子，当我正常面对生活时，我最想圆那个大学梦，我知道自己在外人眼里是一个避之不及的疯子，但谁没有疯过，只是疯的方式不同罢了。

有人忍着，在心里忍着；有人表现出来，压抑不住地表现出来；有人伤人有人害人甚至有人伤自己。我只是把我心里想说的话说出来，竟然被人牢牢记住不放。我的好你们不记，我的努力你们不记，我的汗水你们不记，我的奋斗你们不记。你们只记着我精神高度紧张，只想在高处伸开怀抱，寻找鸟儿从我身旁飞过的那种感觉。我没想死，我只是想像鸟儿一样飞，还没飞呢，翅膀就被剪掉，胳膊就被捆起来，连我的申辩都被药丸和冷水一起灌下。

有的抑郁仅仅就是一种压抑的心理，干吗要把天翻过来，说我不遵从世俗，说我疯了，而不是说我累了，我乏了，我想好好休息下。

苹果的信里都是鼓励的话，除了鼓励我，她也在鼓励自己。我的信里全是牢骚和抱怨还有对未来的担心，她劝我都放下，有空站到高处看看，我们会看到人类都成了蚂蚁在慢慢蠕动，我们生活的高楼，就像山谷，我们没有绳索和工具助力爬到光滑的玻璃上、水泥板上。

我们没有办法的时候，只能让自己成长，身体的成长，心灵的成长，勇气的成长，信心的成长，坚强的成长，我们才能不被一辆辆肆意横行的车碾压，才能在奔跑时不再痛恨路口的灰尘，才能在绿灯亮时，第一个健步出行跑进自己赛道上的那场比赛里。

我们都是自己游戏里的赢家，小输是为了大赢。

后来我忍着痛把牙拔了，一拔瞬间不痛了，耳朵后面的疙瘩在我没有管它的情况下，竟然自己好了，连我都有点纳闷。

我离开老家县城出外求学，还是会给她写信，她却不停地变换地址。后来我毕业离家很远，心里总念着她，工作一忙慢慢断了联系，她的手机号经常换，打打就没消息，我只能等她来找我。她说过不喜欢发邮件，我的邮箱总空空的，总期待不到她的消息，每次都让我失望，然后密码被盗我也懒得找回来。

一晃十年过去了，我有将近三年没有她的消息，再见纯属偶然，她突然出现在我所在的城市。

"东方龙大酒店"有个国际交流会议，她是中方聘请的随行翻译。她狗血的逆袭让我抱着她原地转三圈，还忍不住亲亲她漂亮的小脸，她把那段岁月掐头去尾给我简单讲讲，自学求学，求学自学，满满的正能量。

听完，我眼睛湿了，我搂着她还是瘦弱的肩膀，发自内心的说声，苹果姐，你真棒！

我这辈子感谢三个人，我的舅舅，是他影响我要一直求学，用学识来武装自己的内心；我的恩师，是他影响我要做个不屈不挠的人，用精神来抵抗内心的恐惧；我的干姐姐，是她影响我要一直自由，用飞翔的姿势告慰低空的岁月。

还好我们都有飞翔的愿望，有愿望就会一直抬头看天，而不是低头走路。如果我们被生活的阴影遮住，不要怕，慢慢走。其实任何阴影都是我们人生的另一条起跑线，不需要太快，一步就好！

我们都是有缺陷的人，苹果被咬一口，才能知道甜不甜。

生活如河，别怕
多拐几道弯，终会抵达

生活如河流，总会拐几道弯。山路弯弯，连天穹，有人上山就有人下山。我们情愿当个上山的人，腰酸腿疼也上，荆棘密布也上，遇见毒蛇猛兽也上，遇到好心劝慰者也上。

"因为你不跟我们大人商量，私自把这么好的工作给辞了，你眼里有没有我这个妈，你那个爸？"画外音——不孝子。

"我们好不容易供你上大学，希望你找个好工作，有个好未来，我和你爸舍不得吃舍不得穿……"画外音——太操心。

《武林外传》中的佟掌柜在遇到糟心事时，总会第一时间开启抱怨模式，"我错咧，我从一开始就错咧，如果我不嫁过来，我的夫君就不会死，我夫君不死我就不会沦落到这个伤心的地方……"

虽台词有天壤之别，中心意思无外乎三点：一命运不济，二抱怨后悔，三遭受亲人遗弃。

这种情况下开口，争吵和争辩在所难免，争吵往往最后转变成亲人的忆苦大会，而争辩往往最后延展成"不听老人言吃亏在眼前""你走的路不如我见过的桥多"的批判大会。

于是，有一瞬间真觉得自己不孝，觉得自己是不是错了，可冷静下来分析事情的利弊和现实的冷暖，心想不做出个样子来，我就不是老周家的子孙。

当别人的子孙需要傲骨，当自己的主人需要勇气。老周家的那个二小子，我表哥真的要甩开膀子大干。

他学建筑设计，却不知道房子是怎么盖起来的。他特别诧异老家两米高墙头上站个人，底下人用铁铲装满拌好的水泥，嗖一下，配合默契的俩人，一个扔一个接，不偏不倚，看得人眼花，看得人胆战。

可是这很简单，对于他们来说。

表哥跟着村里盖房子的装修队干小工，大家都当面嘲笑他，他笑笑也不生气，照样热情地喊哥喊叔喊伯喊师傅。时间长了，大家知道这孩子能吃苦，肯学，还腿勤嘴巴好使脑瓜子灵，都愿意教他。

一年后，黑乎乎的表哥成立自己的装修队，自己设计自己出图自己找客户自己洽谈，费好大的劲还是在亲戚的担保下，接了一单，把人家50来平方米的小屋装修得温馨舒适，功能性强大，慢慢地朋友口口相传，同行推荐，经济收入有些好转。

我喊他，小老板，见钱眼开的小老板，他喊我没大没小。

家里亲戚转变态度，夸赞的声音多了起来，可好景不长，跟他打工的工友意外摔断腿，两年挣的又全交给医院。老爸老妈急了，又开始旧话重提，女友的父母更瞧不上他，没钱没本事凭什么娶我的女儿，硬给拆散。

生生拆散，最后再见，表哥说，再给我点时间，我再努力下，会好起来的。

女友哭着说，我给你的时间够多了，你真让我失望。

那段时间接连出事，表哥认为再坚持下就会挺过去，可有的事除了钱什么也不好使，那一刻他感觉可能开始就是个错误。

人最怕否定自己，否定就代表着自信心消散，战斗力削减，对胜利的渴望几乎为零。

并不是你努力就会有好的收获。越努力越受伤，有时不是心态的问题，而是现实真的让人束手无策。

现实是在自己弱小时被别人打压，在自己有难时故友袖手旁观，在自己耗尽一切想挽回时，说什么福祸相依，全是祸祸相连。

人性跟亲情无关，有时它就是利益的傀儡和牵线木偶。

主动提出找表哥装修的客户，在满意验收装修结果后，第二天突然变脸，提出不可理喻的"装修缺点"，迟迟压着不给材料费和人工费。

表哥后来把老家的房子抵押，给工人发完钱，当场解散装修队，拿着仅剩的钱去江苏一个行业内著名的培训机构学习。

临走那天，老爸要跟他断绝父子关系，骂他是败家子，是浑蛋，永远不要回来。

老妈心疼儿子不易，说，宝啊！妈相信你能行。

我没能跟表哥告别，他发短信说，要重新开始。

他边上课边打工，端盘子洗碗在夜市烤串给商家送货，还去二十里外的水泥厂背水泥，一袋50公斤，1块钱，他累得走路腿都发软，满脸冒虚汗。

他说，没办法，必须要每月偿还房子的贷款。

他说，自己已经是不孝子了，不想再当第二次。

后来，通过学习和朋友的指导，他又重新坚信努力的意义，努力不一定会实现你最初的期望值，但是它不会辜负你曾经的努力，记住，你前期的积淀肯定会助你一臂之力。

他专门去了趟宁波博物馆，亲身感受下那里古朴厚重的文化气息，体味置身在历史长河中的感动。他抚摸着明清砖瓦砌成的瓦片墙，心突然安静下来。

生活是条河，总要拐弯，因为山石，因为峡谷，因为人，因为物，也因为自己，只有拐个弯才能遇见另一个自己。

荷马说过，追逐影子的人，自己就是影子。那么追逐人生的人，自己岂不就是人生吗？

人生起起落落，跟山增一分，山减一分；跟浪高一米，浪低一米；跟多走一步，少走一步是同样的道理。

衡量人生的因素很多，金钱、名誉、权力，甚至道德和修为，到头来当外部因素都不存在的时候，只剩下心灵和精神。

所有的磨难都是成功的另一面。所有的困境都是解脱的另一面。

丢掉的人会再找回来，比如散落人间的明清瓦片，比如蓝天，比如碧水，比如美好。

我并不知道表哥那段时间想些什么，反正他变了，心结打开，视野变大，做事成熟稳重起来。现在表哥的情况比以前好很多，但还有少许的外债，我们要帮他，他说，不用，这是他的影子，如果没了自己就孤单了。

表哥还在原来的行业里打拼，成绩渐渐多了，他从不说，他说还没到时候。

好的铸剑师一生也未必能造出一把自己喜欢的剑，他需要时间来磨，磨性子，磨手艺，磨剑出来的火候。每个人的生活也如一把新铸的剑需要认真打磨，只有这样才能削铁如泥。我的大学同学铁子为此打磨了十年。

铁子是新疆人，委培生，毕业回到新疆，起先在工厂里干得挺好，一年后被提升为车间主任。因为市场大环境的改变，厂子经营出现问题难以支撑，有三条制造保温耐火材料砖的生产线要对内承包，他觉得可以去试试。

其实所有的开始都是从有想法想试试起步的。没钱，老家父母不理解但却支持孩子，四处去凑，铁子又找朋友借，借条上清楚地写着年利息6%。

他和留下来帮自己的工友整整试验了8个月，南下广州北上首都，遍访行业内顶尖行家，终于消除了中国在这个领域的技术空白，慢慢越做越大。

有次打电话，他正以130迈的车速在草原里狂奔，赶去飞机厂参加专用跑道高性能耐磨材料砖的竞标。

2008年金融危机，整个行业受到巨大冲击，涉及是坚持还是转型的问题，他最后决定35岁从头开始重新创业。

现在打电话总是忙。忙是好事。

原来我所在公司的高级领导说过一句话："我要去开会了，今天不会下岗了。"工作是开会，开会是今天反驳这个观点，明天反驳那个意见，说话动嘴皮子说得利索就是工作，还是高层，这样的公司能好，想想都可怕。

铁子说，我们开会很简单，最多六条，做什么？怎么做？谁来做？问题在哪儿？怎么处理？什么时候完成？他说，苦日子都过去了，现在是大浪淘沙的年代，我们要时刻警惕别被拍在沙滩上，不努力行吗？50来口子的吃穿住行都指望着我，我不朝前奔，原地踏步，不是自杀就是被别人杀。

一死一大片，我于心不忍，这是责任，我努力奋斗，这是理想，我当儿做父，这是义务，我不一马当先，横刀立马，对得起谁？

对不起，是世间最苍白无力的借口。

生活如河流，总会拐几道弯。山路弯弯，连天穹，有人上山就有人下山。我们情愿当个上山的人，腰酸腿疼也上，荆棘密布也上，遇见毒蛇猛兽也上，遇到好心劝慰者也上。

下山人说，好累，没什么意思。上山人说，好快，风景真好。

悬崖绝壁，鬼斧神工，那才是真正的美景，没有在苦难的底层挣扎过，嗅牡丹花闻臭芙蓉都是一样的味。

我们总在拐角处遇见另一个自己，我们跟自己打声招呼，你好！你跟自己说，磨蹭什么，还不快点。

跟时间赛跑的人

每一天都有人爱着，有人怨着，有人走着，有人跑着，有人出生，有人离开。时间这个庸医，最难自圆其说，它用自己的离开表达着对未来的渴望，我们却求它不要走。

我们说好不分离
要一直一直在一起
就算与时间为敌
就算与全世界背离

——《时间煮雨》

|

铁头最爱听这首歌，最爱这段旋律和歌词，天天戴着耳机深情陶醉，眼圈发红。他最爱的那个常常坐在自己左边的姑娘，早已经

消失。我们笑他真笨，被女人甩。他慌忙解释说："是我不适合人家，这不怪她。"

铁头是学校里的红人，运动基因好，足球前锋，篮球名将，排球教练助手，乒乓球也玩得贼溜。他不爱玩游戏麻将扑克牌，不爱喝酒侃大山说未来，他不善言谈，他喜欢看书，喜欢看电影，还喜欢自欺欺人，总为离开自己的姑娘们开脱，换位思考站到对方角度指出自己的缺点，每段恋情都让他受益匪浅，"伤心总是难免的，你何必一往情深"，他越一往情深越被人家出手得快。

太神经质，太健忘，太没有自我，每次都以小喽啰的惯性气质出场，比方说第二任女朋友的生日忘记表示，女友冷着脸，铁头害怕说错话，错上加错，请班里能言善辩的女生出面补送礼物，谁也没想到，俩人的连衣裙竟然离奇撞衫，女友当场把礼物从窗户扔下楼。

女同学确实漂亮，被比下去的女友心眼小，冤枉铁头故意的。

解释是种感觉，感觉良好时适当的解释会锦上添花，感觉糟糕时一句话的解释也会是处心积虑。反正没过多长时间女友提出分手，理由是不肯给女朋友花钱的男人，不是娘炮就是吝啬鬼，谁沾上谁倒霉！

铁头回忆，有几次出去看电影吃饭买饮料的钱是女友掏的，当时铁头凑巧花完自己的钱，说回去给，双倍，女友记着，铁头忘了。有种忘记叫告别过去，有种忘记叫挥手未来，他的爱情在他的健忘世界里画上终结符。

铁头不耻下问，求学若渴，女人这种生物到底有多少秘密，什么我悄悄地蒙上你的眼，猜猜我是谁？恶作剧和贼人的把戏，铁头用半年时间摸得透透的，摸透就去实践，练手。

2

在铁头鬼主意帮助下，四对出现危机的男女朋友和好如初，遭遇爱情滑铁卢的男生们慕名而来，堵着宿舍的门，竟然当场竞价，抢占先后顺序。铁头在金钱的诱惑下当起假的"爱情顾问"，解决爱情中碰到的棘手问题，爱读书爱看电影的铁头成功策划多起活动，获得不俗成绩。

他策划的活动都有出处，或是哪部电影中帅气男主的告白场景，要不就是以前热门电视剧的经典桥段，反正大部分道具只需要简单制作，最大的优点是便宜。临毕业半年里有人赞助洗漱用品，有人赞助三餐，有人赞助旧自行车，有人赞助考试资料，铁头过得异常滋润。

我们刚毕业时总联系，打电话问，过得好不好，对方回句，凑合活着呢！同学们在融入社会技能上的层次明显高低不齐，结果或喜或悲，再见面，大家都变了容颜，曾经张狂的内敛起来，曾经内敛的锋芒起来，大部分都活在自己的对立面，把真实的自己给丢到脑后。

唯有铁头还是闷葫芦一个，品不出红酒的产地和年份，吃牛排要全熟，吃西餐刀叉都用不利索。虽然毕业前铁头被一家婚庆公司聘为首席策划师兼主持人，我们都说真合适。

舞台上粗粗壮壮的男人穿着笔挺得体的西装，说着温柔甜蜜情意绵绵的软话，想想都让女人的心怦怦乱跳。

他该很好的，曾经那个演讲赛上紧张到结巴忘词手脚不知放何处的男孩子，现在人都反转过来。他说最喜欢的那个女孩子，早已嫁做人妇，曾有次意外碰见，对方眼神中爆发出惊喜的神情。他以为对方会记得，记得曾经的美好，没想到对方竟然说不出自己的名字，曾经所有的努力都是为了配上她的要求。

我总想赶到她希望达成的那个最后期限里，说自己做成了你喜欢的那个人。我看着镜子里嘴巴说个不停的自己，说着倒背如流的话，抑扬顿挫情感俱佳，对着世界上最丑的女人也能深情款款，只是因为我把她们都想象成了你。

3

铁头在人家的婚礼上豪饮、折腾、摔杯子、砸板凳，喝得太多，躺在地上搂着红皮鞋女人的大腿，抱着黑皮鞋男人的脚踝，他疯了。

被开除的铁头竟然高兴地跟同事们告别，消失。

我们几个不错的朋友满世界找，他却不在任何人的世界里，大家的心被很痛地吊起来。

再见，他已经选择一个依山傍水的小城安顿下来。休整一年后，他主动找我们联系，我们几个激动得哭了，电话里大骂他无情无义，是个超级大浑蛋。他笑着说，地球太圆，自传太快，我都不知道自己的起点和终点是不是重合了，但是我知道自己该回归了。

有人总想被你发现，有人总想逃离全世界，其实全世界就在你心里，任哪双脚也踏不出它的界限。我们给自己划定高压线，等着自己断电，等着枪声一响，顺利逃脱，每天挥汗如雨，嘴里喊着号子讨生活。

爱情的后背就是生活，不管谁背上谁，都累。

每天去旧货市场收集全国的明信片，再精心的包装制作成自己周游列国的假象，等你喊一声喂，你回来吧！你说过喜欢的城市我都去过，我曾妄想拼命跑到你打算离开的前一秒，把你拦下，说一声，真巧！

情痴花痴白痴都因为痴念在心，守着前世的一秒，拒绝时间的流逝，岁月的更迭，此一刻消长，下一刻重生，其实我们早开始了，只是不愿承认而已。每天都在挣扎，苦痛爱恨还有余生不了情，用现在优秀的自己去说服你当初的错误，那时的青葱岁月早已关闭回去的大门，我们让曾经的那个人站在曾经的位置说现在的你，岂不是有点痴念不解？

铁头说自己终会放下，现在每天都很充实，也很舒服，不再失眠不再盯着老物件看不停，不再跟每日的黄昏打招呼，喂，老朋友，你是不是来得太晚，而是天黑前赶到家，把灯打开；只是在雨点打在手背时，跑进临街的小铺；只是在黑夜睡不着时，出来走走看看普通人在电视前瞧着别人的生活，或哭或笑。

有时人太容易自欺欺人，明明一本书翻到最后，却说故事还没看完，没完的只不过是别人的人生，早已跟你没了瓜葛。

4

铁头重回巅峰时代，重回为别人见证新生活开始的时刻，他的婚礼策划总是出其不意攻其不备，让你的心热时再热，冷时转暖。节目中，他尽量地选择把该说的话该做的人推到前台，触景生情这种事早已不再犯。

新郎对新娘说，我不会爱你一辈子，只会爱你每一天。

新娘对新郎说，我不会陪你一辈子，只会陪你每一天。

每一天都有人爱着，有人怨着，有人走着，有人跑着，有人出生，有人离开。时间这个庸医，最难自圆其说，它用自己的离开表达着对未来的渴望，我们却求它不要走。其实到最后，谁都不会走，只要存在过就是永恒，时间也不例外。

林清玄在《与时间赛跑》中写道，有一天我放学回家，看到太阳快落山了，就下决心说："我要比太阳更快地回家。"我狂奔回去，站在庭院里喘气的时候，看到太阳还露着半边脸，我高兴地跳起来。那一天我跑赢了太阳。

我们都是跟时间赛跑的人，每一天都在跑赢太阳，跑赢黄昏，跑赢那个曾经的自己。

活着
就是一种修行

活着原来是对家人和自己最慈悲的事，活着原来是对命运和坎坷最悲壮的事，活着就是勇士，就是英雄，活着就是一种修行。

I

老舅尿毒症晚期，病情突然加重，抢救12小时才活过来。本是心境开阔的老人把生死看得更淡，他最喜欢用这句话开头，我们这一生啊!

我说，打住，你们这一生还早着呢!

是，一生真长，圆月不缺，一生不断。

我在四院的透析室门口等他，经常见一个十一二岁的小姑娘，背着书包从里面出来，矮矮的个子，肥大的书包，梳着简单的丸子头。有次她开门我刚好伸手拉，不小心把我的手夹住，小姑娘着急地说，姐姐，没事吧? 我好喜欢这个称呼，脆脆爽爽的感觉。

不经意间跟老舅提到那个孩子，老舅说，每个人都在隐藏自己的秘密，特别是关于身体的伤痛。对方不说，你根本看不出一个激情授课的大学年轻女老师是尿毒症二期患者，你能想到自己正乘坐的出租车的司机也是一位正患有重症的病人吗？还有你能看出十一二岁，其实刚过十五岁生日，患尿毒症三年的那个小姑娘的真实年龄吗？

女老师的男人在得知她患病的第一天就提出离婚，净身出户，说自己是个有良心的男人。

出租车司机一个月挣的钱全花在三次透析上，家里还有个即将高考的儿子。

小姑娘认识透析室的每个医生和护士，每次都是自己独来独往。

别人嘴里谈之色变的透析、尿毒症、绝症，就是她一次次忍受痛苦和孤单，坚持不懈，躺在白色刺眼的病床上，跟飞速运行的机器不断小声说话，看着毒素被一遍遍的血洗透筛。痛在起身站起的瞬间，噗地留在那张不断变换主人的床上。

早晨，我们从起身开始，坚强也如此。

2

高昂的治疗费用，能压弯太多人的脊梁，有时就算把脊梁骨给敲碎，敲出骨髓也凑不出下次的治疗费。没有钱，疾病就是老大，我们让着，我们躲着，我们小心翼翼，最怕家人流眼泪。我告诉他们说不疼，没有感觉不舒服，他们的眼神里才流出一点安慰，世间最大的安慰不是我爱你，而是我不会离开你。

高学历和学识，他们可以挣得稍微容易些，有人就得付出超越常人十倍百倍的努力，才能保全儿女的小命。家人不放弃，生命才可以创造奇迹。

破碎的家庭，高贵的人格，从来上课不迟到，认真备课精彩授课的女老师，实在累得不行，偷偷在最后排的椅子上稍微歇会儿。学生们谁也不知道她身体情况，她不会说，因为这是她最后的秘密。

小姑娘的父母是外地来市里卖菜的小贩，手里紧嘴巴里抠，说什么也要保女儿的命。出租车司机不敢多喝水，不敢有一丝的懈怠，对每位乘客的安全加倍负责，因为他知道生命的可贵。

他们说，也许有一天，睡着睡着眼睛就再也不能睁开，悼词里我配得上"勇敢"这个词。

好人一生平安，那是歌词，那是大家的期望，雪上加霜，举步维艰，艰辛度日的人多得是。

雪很冷，霜再下，他们会说，没事，我们扛冻，没有几个人能幸运到及时得到救助，真正能救助的只有自己。

3

谁都不想伸手掌心朝上，朝人开口要钱。医院附近总会有年迈的家人，售卖自制的咸鸭蛋，有热情的中年男人三元理发，有人十元擦车，有人卖剪纸和手工艺品，微薄的收入支撑着高贵的人格，他们不想欠好心人的人情。

人情债最重，一辈子都还不清。

假如最后付出努力还是白布盖脸，阴阳两隔，他们说也不后悔，生死有命富贵在天，在死亡的面前我们从没有低人一等。

大姨意外摔伤住在省三院，同病房有个年迈的老人，两个儿子陪床，每天只吃馒头和咸菜，一买就是二十个馒头，说人家能多给两个。大夏天，馒头最易腐败，当我看见孩子偷偷啃长霉点的馒头，给老爹打来热鸡汤，就心疼得不行。于是经常故意多要一份菜多要一份粥，跟他们谎称吃不完就浪费了，全当他们帮忙。

每天一个儿子盯着，另一个儿子出去打零工，说再难也要给老爹看，老爹一辈子不容易，就算卖血卖肾也要给他治病。

现实真的很残酷，人心再暖，也暖不热。

我很羡慕在灾难面前不离不弃的亲人，更感动于他们在灾难面前的坦然。

表妹患白血病，今年是化疗的第二年，我常去看她。她跟我说，姐，你还记得第一次来看我，二病房六号床上的那个17岁的小姑娘吗？

我想想，摇摇头。

她说，昨晚，她走了，走得很安详，家人没有大哭，我睡得很死，第二天大早才知道，真后悔没在她抢救前跟她说句加油。我突然有点感动，好想哭。

再然后我每次去看她都带好多水果，分给她的病友，因为我要看清她们的脸，我说，加油，加油，加油！表妹看着我，一直坚强无敌的她，眼睛模糊了。

4

老舅本来身体就不好，生病的前两个月还在为好友帮忙盯家中装修的事。那个夏天，骑着电动车的老舅傍晚七点回家，半路感觉好累，把车停在马路边，铺个塑料布想休息会儿，没想到坐着坐着就睡着了，醒来天都大黑，万幸随身带的东西没丢，回家什么也没说。

装修完，他也病了，他说万幸答应别人的事做完了。承诺朋友，承诺家人，承诺孩子，活着就全力以赴，每天做完该做的功课，再难也有明天的艳阳高照等着我们，就算躺下也是圆满。

活着就是一种修行，这句话说千遍万遍都不厌。如果能把生死都看透，那我们还惧怕什么呢？

人们早见惯了离别和生死，却没几个人能参透。

小和尚问师傅，深秋，叶子落好多，每天扫太麻烦，能不能把树上的黄叶子都打掉？一起打扫，多好。

师傅说，叶子先落是死，叶子不落是活，万物有灵，一草一木皆有命数。

抬头看落叶知深秋，最后凋零的那个才是秋末，秋往冬来，四季轮回，人生匆匆几十载，为何要赶着走？

为何要赶着走，走不动，负累也要走，因为这是面对现实最好的选择。选择活，才有希望。我们害怕冬天，可冬天都来了，春天还会远吗？

5

韩国电影《扑通扑通我的人生》里，主角阿凛是个早衰的少年，17岁的年纪，小学生的身体小老头的面貌，早恋早婚早育的父母倾注全部的爱和努力付出为儿子保命打拼。

有个片段是所谓的"朋友"问阿凛，什么时候特别想活下去？

"你问我什么时候想活下去，是能够看到蓝天和白云的时候；听到孩子们特清脆笑声的时候，我就想活下去。晴天下午跟妈妈一起，闻着洒满阳光衣服的时候；平常厉害的小卖店伯伯，看着电视剧哭得老泪纵横的时候；傍晚小巷里回响着奶奶呼唤孙子回家吃饭的时候；盛夏的时候看着妈妈大笑着，往爸爸身上倒凉水的时候，我也想活下去；跟爸爸一起在初月当空的时候，望着闪烁的金星时候；看着一闪一闪亮着尾灯，划过夜空的时候，我都想活下去。"

活着原来是对家人和自己最慈悲的事，活着原来是对命运和坎坷最悲壮的事，活着就是勇士，就是英雄，活着就是一种修行。

我们一向收敛"贪婪"这个带点阴暗的心理，但在短短几十年的生命里，我们为什么不可以对生贪婪一些，用挑战，用不屈，用抗争，用不屑。

贪生，因为我们还没有活够，还有没有实现的梦没有见过的风景，我们不是胆怯不是畏惧死亡，而是害怕责任没负完，付出的爱不够多，未完成的心愿还在黑暗里。在黑暗里待久了，难免期盼光明，生命在，希望就在，希望在，爱就在。

这是一个需要还爱的世界，没还完都不许你们离开。

我们都将背着
各自的灾难与幸福，前行

我们都将背着各自的灾难和幸福，前行，慢些或快些都无所谓，只要从离奋斗的起点迈出第一步，就是胜利。

灾难和幸福如影随形，成年的我们作为独立的个体，总在交织的生活中前行。

不要在命运需要你逆风飞翔时，选择随风而去，我们应时刻觉醒，勇敢地听从于自己的内心。

I

高尔基说过，世界上没有一匹这样的马，它可以驮着你逃开自己。

从懂事起我就知道，我要好好学习，这是我作为女孩子离开农村唯一有效的出路。为了这，我努力，可努力跟天赋没关系，我脑子笨，不转弯，简单的数学题总搞不懂，可我有个好妈妈。

我妈当时是小学老师，但不教我。家里农活多，轮到我妈值班敲预备铃，我掩藏自己的小秘密主动请缨，早早到校，站在铁钟下面，头顶感觉很沉，仿佛它落下来准能把我毫发无损地罩进去，孙悟空被罩进金钹里，纵然有七十二变的本事也逃不出去，而我只是手无寸铁干巴瘦小的野丫头。但我想，如果能躲进里面不出来，是不是就不用再算在奇形怪状图案里有几个正方形几个长方形？是不是就不用背几页纸的课文？想想都美。

只是想想，我就拽着粗粗的绳子从东跑到西，从南跑到北，钟声断断续续地响起，跟生病的老人不停咳嗽的节奏差不多。

同学们都想试试，我用敲钟作为条件换学习上好好帮我，大家认真点头，还好我掩饰得好，成绩一直还凑合。

我和初中没毕业的小舅聊天，他说在教室里太难受，浑身就像有一万只蚂蚁在爬，但你还不能动，只能忍着，我真的不是读书的料，废柴一块。

小舅背着外公偷偷骑那匹棕色温顺的高头大马，他疼我，有时也把我抱上去。我骑着大马走在乡间的小路上，比路边的高粱穗还高，我能望见整片庄稼地的外面，有一条大路，绕啊绕。

我是很笨，可知道那儿不远，我眯着眼比画，哦，很快就到了。

2

初中过得很顺利，当时我们班有个女孩，戴800度的眼镜，但成绩出奇得好，摘掉镜子，一米以外她分不清你是男还是女，是同类还是异类。

中考离满分只差1分，1分啊！她在我眼里就是天才，赤裸裸的天才。我请教她问题，她讲得特轻松，我给她讲笑话，我乐得露白牙扑哧，她脸色如常。我请她看我写的心血之作，她真诚地夸我，真好，就是看不懂。

我知道我也会成功的，在我还不知道理想中成功样子的时候。

升入高中，我彻底栽了，每次考试都是垫底，怎么挣扎都没法从别人的脚下爬起来的那种。有时真想不爬了，就待在那儿，只要能抬头看看天就好了。

我后桌一个矮胖的男生，严重偏科，英语150分，每次测试从没超过50分，但是人家不在乎，不在乎是因为有不在乎的资本，除此之外其余的科目都是让人不可思议的优秀，应该是A+。他是唯一敢跟古板的乡音缭绕的英语老师对抗的勇士，并且是誓要取得胜利的那种，他得胜很多次。

唯一失败的是喜欢上隔壁班女生，找老乡托关系好不容易说上话，女生说考虑考虑。考虑就是有戏，有戏就值得庆祝，在他高兴得多喝几杯在宿舍睡觉的时候，女生宿舍楼东邻的小火炉房起火，喜欢女生的宿舍相隔不远，他跟几个老师冲进火海抢东西，意外受伤。后来才知道当时特危险，里面好像有液化气之类的易燃易爆物品，如果失控后果很难想象，他的眼睛出现问题，恢复好长时间，还是留下了后遗症，视力再也回不到从前。

女生不再见他。

当时大二，大三他身材疯长，原本想考飞行员但已无可能，他说不后悔，因为他在年轻的时候曾那么不顾性命地想逞英雄，想让心爱的姑娘侧目，他做到了，结果如何已经不重要。

我们总想自己变得在学业上智慧无敌，在爱情里奋不顾身，用一句特文艺的话来说，我宁可所有的好运气都被用来遇见你，遇见就好，不说话也好，只是看看也好，如果没有告别更好。

年轻时我们的世界很简单，却要求完美，用结果来辩驳过程的艰辛都是值得的，用艰辛来辩驳那时能等到你的钥匙，真等到又如何？我可以提早陪你梦想成真吗？未来那么长，精彩依旧，人却远走。

3

我在高中曾严重地自暴自弃过，并不是你努力就能成为你想象的样子，并不是你付出现实就会宽恕你自身的其他缺陷，智商这个东西，很难说。

电影《少年班》中的吴末，即天才们口中的吴妈，曾痛彻心扉地说："我多想能成为你们那样的人，但是我不是，我什么都不是，我妈利用副校长的关系，考试向我透题，这样我才考个全校第二，全校第二啊！我只有一个中等或中等以上的智商，我是什么，我是鲶鱼，一条鲶鱼啊，我要为你们保驾护航，你们懂吗？"自己喜欢的女孩喜欢别人，坐在楼顶时心爱的姑娘说，你能帮我一个忙吗？亲我一下，我从没有让人亲过，吴末哭着落荒而逃。

因为他觉得自己配不上。

看到这，我想起小学的好姐妹淼，她初中没毕业就去县纺织厂上班，遇见心爱的男子，两人情投意合，她要嫁，男要娶，可她爸妈不答应，她偷跑出来当时实在没地去，就到男友家跟他妹妹合住一屋。三天后她被爸妈找人给抓回去，男友村子里的老人都说她不检点，不是好姑娘，落后的思想压抑着人的神经。

后来，她父母把她嫁得好远，男人不到一米六，长得很丑，但家里条件好，媒人都说自己立功了，好不容易找到一个不介意的人家。

她结婚那天，我快要高考，坚持要去送她。男人们粗野地闹新媳妇，一把把饱满的玉米粒劈头盖脸地扔过来，我抱着她，就像抱着未来的自己。眼泪流下来，一回头，玉米粒生生地把我的近视镜打碎，那一刻我的心都难受得要死。

离开时她哭了，说后悔，后悔不该早早放弃上学这条路，劝我一定要考出去。

4

毕业后，我留在石家庄，工作干得不错，不断被调整岗位、提升，直到负责新项目，由于是新手压力大，每天都在满负荷工作。

当时孩子还小，养在奶奶家，每天下班先坐107路公交车到终点站，再骑存放在那儿的自行车回农村老家，中间要经过一条不算宽的乡间公路，夜晚拉货的大车特别多，黑暗中我明明没看到有车，拐弯时，一辆卡车疾驰而来，刺眼的大灯突然亮了，等我醒来，人摔在路旁的大沟里，下颌磕在沟沿的水泥板缝隙上，生生撕开一道大口子，露着骨头，缝了十一针。

现在我的下巴上还留有一道难看的伤疤。当时我瞒着爸妈，不敢接他们电话，不敢说，担心他们听到毁容两个字后无法控制。

后来生活发生巨大改变，我彻底跌进谷底，在谷底待了很多年。我一直在坚持，在努力，在付出，如果没有结果也要这样前行。我长两条腿是走路的，前行和后退的意义存在本质的不同。

我花费很大经历求学，28岁时报考成人专升本，三年后从河北师大法学专业毕业，直接报考该校的在职研究生。我还利用闲暇时间不放弃对文学的追求，写我想写的，写我该写的，写我觉得有意义的。

我们都将背着各自的灾难和幸福前行，慢些或快些都无所谓，只要在奋斗的起点迈出第一步，就是胜利。

不要想成为别人希望的你，而是要成为自己喜欢的你，为此，我们与同类厮杀，跟同类搏斗，跟同类竞争，就算明知胸脯碰不到红线，也要奔跑，因为我们要为苦难增添拼搏的动力，要为快乐寻找不息的源泉。

Part 5

愿你邂逅
更好的生活

生活没有最好，只有更好，就像人生本没有答案，而我们只需要勇敢的走下去看看结果的模样

每天都给
自己一点正能量

韩国总统朴槿惠提出，做人必须有四样东西：扬在脸上的自信、长在心底的善良、融进血里的骨气、刻进生命的坚强。

每个人都不会被困境轻易打倒，我们在倒下之前坚持站立的那个姿态，其实就是我们内心的自信、骨气和坚强。

|

菠萝是我曾经的室友，我们合租了一个二十平方米的单间，两张单人床，她在左，我在右。窗帘有一半拉不开，光只能从一半的窗户里洒进来，那么漫不经心地轻轻一洒，又急忙收走。

菠萝看完《失恋33天》后，好长时间嘴里都嘀嘀咕咕，心情不好就开始不停地咀嚼那句台词："我睡觉的床要放到朝阳的地方，不然床单上缝的小花晒不到太阳会枯萎的！"我们一个月调换次床位，晚上，她竟然奇葩地非要把她的小碎花床单换给我，说要照顾我，说不要让我打蔫。

那段日子，我在便利店当收银员，挣着微薄的工资，养着喂不饱的肚子和高额的租金。菠萝是厂商驻商场的促销员，销售各种花洒和水龙头。我三班倒还要上夜班，忍受醉鬼的污言秽语和满嘴恶臭。她的嘴唇就没有湿过，天天叽叽叽地不停介绍各种型号产品的优势，领取底薪加提成的菠萝，把每个顾客看得比上帝还高贵。

估计上帝也会低头看看人间的疾苦，可顾客里有些上帝是不会低头看的，他们趾高气扬梗着脖子。

竞争对手看菠萝个子小，说着带乡土味的普通话，故意找茬，好几次菠萝都忍了。没想到那个三十来岁的竞争对手，那个胖大姐步步紧逼，把个刁蛮女顾客"推荐"到菠萝的摊位，假装热情地帮忙推销，还说可以现场操作。女顾客有点心动，说，那就试试吧。菠萝正小心地调整接上水的花洒的水形，胖大姐竟然故意使坏趁机动手脚，菠萝不小心喷了女顾客一身凉水，吓得菠萝不知所措，一紧张自己也被淋满身。

胖大姐偷偷溜走，菠萝被女顾客一顿大骂，立马投诉，要说法要赔偿。原来世界上最不值钱的就是"对不起"，最珍贵的就是"没关系"。

被女顾客翘着兰花指，用血红的指甲、白葱的小指指着头顶大骂的时候，低头不语的菠萝竟然接到大学男友分手的短信。女人一把抓过菠萝的手机摔到地上！"我们分手吧！我……"连对方解释的话都没有看完的菠萝，伤心的眼泪刚要从眼里溢出来，立马被愤怒给逼回去。她喷火咬牙鼓着腮帮子的狠样，倒把女人吓一跳，女人趁着菠萝捡手机的间隙偷偷溜走，菠萝也被解雇了。

2

菠萝那段时间很伤心，爱情是这个世间最无价的情感，真的可以用一句"对不起"就消费完，结账掏票子还是刷卡，任何一种结账方式都在短短几十秒的时间里，把三年的情感消磨殆尽。她急于要看到那个解释，没钱的我们开始凑，把储钱罐都砸了，跟房东说好话，租金延期一周再交，好不容易凑齐修手机的钱。拿着花我们俩一周饭钱修好的手机，菠萝急忙翻找那条消息，却怎么都找不到。消失，失恋，一个人就这样在你的世界里走了。他身后的那条路你追了很多年，到头来才发现，前面只是一个人的影子，你只顾朝着身影奔，岔路上你早跟丢了那个人。

你在十字路口荒凉得连自己的心跳都微弱下来，曾经最爱的那个人，连给你拉扯和挽留的机会都没收了。他的行李很轻，他走得太快，你的行李太重，满满的不舍和回忆把你的臂膀压得好酸。你刚要蹲下休息，太阳就下山了，床上的小花还没有被温暖抚摸，就枯萎了！

我没法劝她，失恋的人最经不得劝，一劝就把全部的过错揽到自己身上，好像自己才是那个十恶不赦的大坏蛋，是自己亲手把美好的东西一把撕碎。她容不得你说对方一句坏话，一说就朝你发飙，不许你这样说他，他的美好还在她心里。本来是一张有上千张小片的拼图，她却能在一夜间把对方的音容笑貌拼得完好无缺。

她把撕掉的照片再拼好，拼好再撕掉，反反复复，不想放手的那个，付出全部情感的那个，在跟自己的内心叫板的那个，其实她才是输不起那个人。

菠萝病倒，我请假陪她去打点滴，社区医院很小，一个大约二十来岁眉眼清秀的女护士利索地给她扎好。菠萝闭眼休息，女护士很忙，不停地出出进进。我看她很累，有时会扶着墙，揉揉自己的腰，每次上下台阶都小心翼翼，好像生怕摔倒。我们去得较晚，输完液将近晚上9点，我去喊护士，走廊很安静，再喊，有人弱弱地从隔壁房答应了声，知道了，稍等，我马上过去。

推开门，我看到女护士闭着眼，一个人坐在长椅上正在吸氧，脸色蜡黄。我急忙说，没事，还有一些，不着急。我刚要出去，看见她摸着不明显的肚子，温柔地说，宝宝，睡觉吧，好好的。

我们去了三天，病好的菠萝好像换了个人，重整旗鼓开始找工作。得到面试机会那天，她老妈来电话，病了，要她回去。没想到这一走，菠萝就再也没有回来。

3

城市很繁华，人潮拥挤，可我只喜欢一个人在家待着，床单我换了很多条，都是带着不同颜色的小花。我时刻努力着，渐渐地工作有了起色，参加公司总部内部的招聘成功，从事喜欢的工作，每天忙忙碌碌，可菠萝的消息很少。

有时半夜会接到她的短信，要我坚持，我喊她来看我，她说快了，快了。

再跟她坐在一起好好地聊天，已经是两年后，我的工作已步入正轨，菠萝也带来她的好消息，考上了县里的公务员，老妈多病的身体也渐好。父亲离开得早，菠萝跟着老妈好不容易走到现在，她说自己很知足。

刚好她来看我的时候，我刚刚失恋，我喜欢的那个人提出了分手，我正在痛苦的漩涡里跟以往的菠萝一样玩潜伏。她笑笑说，过段日子就好了，没什么大不了。

她问我还记不记得当年那个女护士，她说从别人嘴里知道，那个年轻的女护士结婚没多久，男人就提出分手，家人都劝她把孩子打掉，从头开始，她偏不依，执意要把孩子生下来。

她说，作为母亲是人一辈子最神圣的责任，我可以暂时没有爱情和婚姻，但我一定要有当一位好妈妈的勇气。

其实我们曾经失去的东西，本就不属于你。有一种鸟只凭借嘴里叼着的一截小树枝，就可以飞跃整个太平洋，她飞累了，就把树枝放在海面上，在上面休息一会儿，然后接着飞。她没有太多的负累和行李，更没有源源不断的粮食，她只是在飞，一直在飞，有个驻足停留的地方，朝着既定的目标前行。

4

菠萝回到家，看到老妈为了自己一直瞒着身体的不适，曾经的那个好妈妈被疾病折磨得说一句话都要喘三喘。她知道自己不该太任性，原来有妈妈在身边，好好照顾妈妈才是人一辈子最神圣的责任。我们都是契约人，原来我是你的责任，现在有你才是我最大的幸福。

菠萝在乡镇找了份工作，一方面能照顾母亲，另一方面也希望自己能为家乡做点事。两年后，国家出台政策，凡是具有基层工作经验二年以上的大学生可以报考国家公务员。菠萝顺利考中，后来凭借自己死磕到底的精神，竟然出乎所有人的意料，为自己老家拉来企业赞助，修路打井甚至把老家本地产的葡萄卖到国外市场。

她说，我把每天都当成美好的日子，我不觉得自己走出去又走回来，面朝黄土背朝天的日子，以前是我们急于想挣脱的，现在这种日子是我们急于想改变的，变好，彻彻底底地变好，这才是我们的目标。

如果让我一辈子说家乡话，我也认了，我不觉得是遗憾，相反这是我的另一种使命和责任。

韩国总统朴槿惠说，做人必须有四样东西：扬在脸上的自信、长在心底的善良、融进血里的骨气、刻进生命的坚强。

如果把人体比作一个能量场，通过激发内在潜能，可以使人表现出一个新的自我，从而更加自信，更加善良，更加坚强，更加有骨气。每一天给自己一点正能量，总有一条路能被你的脚踩出来。

世间本没有路，走的人多了就成了路，但愿我们都是新路的开拓者，走得意气风发，走得趾高气扬。

让美好远离，
不如让美好重现

　　我们应该释怀地活着，释怀不是遗忘，不是忘恩负义，更不是喜新厌旧，是对美好生活和过往岁月的延续。再性格不合的俩人，也会因爱情在一起，再相爱的俩人，也难免因现实而分开，终究曾经的美好还在，如今的重复，不是让美好远离，而是让美好重现。

I

先讲两个关于玻璃的故事。

　　第一个：男人讲，那年冬天的凌晨，他去三十里外的地方背回一块玻璃，特喜欢，一路小心翼翼，刚走到家门口，玻璃意外掉在地上，哗啦一声都碎了。无论有多美好，有多喜欢，碎了就是碎了，再也无法复原。

　　第二个：有对老夫妇去原来下乡住过的地方也背回一块玻璃，上面是50年代喜鹊登梅的图案，他们坐长途客车好不容易到达居住的繁华都市。在车站，阿姨去给叔叔买水，告诉他在这儿不要动，可回来怎么也找不到。叔叔抱着大块的玻璃，累得够呛，左等不来右等不来，气得举起胳膊就把玻璃给摔了。阿姨听到巨响赶过来，只是递水给丈夫，说，渴了，先喝水吧！

玻璃碎了就碎了吧！暴脾气的叔叔和好脾气的阿姨生活了大半辈子。她说，美好在心里，怎么也碎不了。

美好到底会不会碎，我不知道，但我知道，我们总想象着它最初的样子，总不敢忘，担心忘了就忘了当初的喜欢。

第一个故事中的男人爱妻刚刚过世，讲完这个故事，流着泪躺在病床上，发着高烧迷迷糊糊地说，哗啦，都碎了，哗啦，都碎了。

第二个故事中的暴脾气叔叔躺在病床上，医生的病危通知书下了三遍，好脾气阿姨接过来，撕掉，再接过来，再撕掉，只说一句话，我信他，他不会骗我的，叔叔最后奇迹般地活过来。

暴脾气叔叔和好脾气阿姨又到老家带回一块玻璃。阿姨抱着，叔叔去买水，阿姨原地不动一直等，叔叔跑着去跑着回，他说，最怕玻璃又碎了。

是不是只有生离死别才能给美好画上句号？

是不是我们都要放纵美好重复的戏码才能明白，活着，在一起，珍惜眼前人才是最重要的？

2

看《潜伏》看了不下十遍，喜欢余则成的成熟、冷静、信念坚定，起先很讨厌翠平，不明白他最后怎么会喜欢她。他心里应该是一辈子爱着左蓝的，一辈子，至死的一辈子，可最后余则成还是喜欢上翠平。有个片段是这样的——

翠平走到穿衣镜前打量自己，是比穿粗布好看（看到余在看自己），看什么啊？

则成：像林黛玉。

翠平：谁？

则成：林黛玉。

翠平：在哪儿认识的野女人吧？

余则成无语，低头继续修表。

我笑得肚子疼，林黛玉，野女人，想想就可笑，可最后余则成还是选择跟她在一起，因为爱吗？我觉得他心里最爱的还是左蓝，正如我第一个故事中的男人，美好终是一生的美好，可他对翠平呢？是喜欢，是感情，是信念，是慢慢离不开的依恋，说什么白玫瑰和红玫瑰，说什么蚊子血，说什么想着、念着、思着、恋着，玻璃易碎，人易老，走得太快，走你前面，你会选择孤独终老吗？

同事说她姐姐和姐夫的感情特别好，晚上牵手散步，互相捶背。姐姐还会把刚煲好的热汤吹吹，勺子递到姐夫嘴边。姐夫会给姐姐捏腿，还跟爱吃酸的姐姐比赛吃酸掉牙的石榴和山楂糕。姐姐患胃癌，姐夫一刻不离身地照顾。

总忘不掉姐姐躺在姐夫腿上，姐夫给她掏耳朵眼的情景。

姐夫说，别动。

姐姐说，我没动。

姐夫说，别动。

姐姐说，我真没动。

姐夫说，我怕伤了你。

姐姐说，我不怕你伤了我。

姐姐走的那天，姐夫哭得那个痛，好像身上扎满玻璃碴，一动就流血，就痛得要命。

五年后，姐夫还是再婚了，跟新婚妻子恩爱得很。同事说，为什么男人就不能忍，就能忘了曾经的爱情，曾经的妻子，是什么让他们这么冷血？

3

高中英语女老师对我们特别好，这么多年我还保留着她给我写的毕业留言："保持个性，保持自我。"

当时大家都知道她和爱人自由恋爱，男人等她五年才修成正果，没想到英语老师最后竟然在生孩子这件事上被上帝带走，只留下一个嗷嗷待哺的婴儿。

男人两年后再娶，大家都说，他是为了孩子，一个大男人带孩子不容易，他选择再婚可以理解。

我听后想了很多，我真心希望曾经的妻子是他的最爱，现在的妻子是他的次爱，可最和次之间真的有区别吗？他们在一起做过的事，现在的他们也会做；他们在一起走过的路，现在的他们也会走；他们在一起养过的花花草草小猫小狗小鱼小龟，现在的他们也会养；他们的曾经正是他们的现在，有多少不同，无非是离开的就是离开，说什么活着的人不易，说什么离开的爱人希望自己活得更好，说什么曾经的美好自己一辈子都不会忘。

是不是虔诚的忏悔，就是美好的结束？

我不知道，但我知道，再见同事的姐夫和英语老师的爱人，他们无意间会提起，原来爱人的名字或小名，现在的妻子也会无意间提到那个嘴里的"大姐"。她问男人："大姐原来给你炖的山药排骨多放了哪种香料？原来大姐用的那个泡脚的竹盆你放哪儿了？大姐冬天给你缝的护腰真管用……"

原来真正活得心存感激的人是他们现在的伴侣，爱屋及乌，爱他们的现在，也爱他们的过往，活着的或离开的都暖在他们心里。

翠平知道在余则成心里左蓝永远活着，她不碰。

好脾气阿姨知道玻璃碎或不碎，美好都在心里，她不贪。

那个失去爱妻的男人，再未娶，把爱转换成对曾经美好的怀念，只剩憔悴只剩不堪。

4

我佩服那些在他人第二段岁月里出现的男女，出现、相遇、相知、相恋、相爱、相依，把美好的日子延续着走下来，曾经在生命里出现的另一个人放在心里，每一天重复以往相似的画面，老电影重演，看着真亲切。

曾经的那个人不是现实中的第三者，更不是永远打不败的旧人，他们只是曾经的一个亲人，一个摆渡人，一个祝福人。他们不再期望什么，更不再眷恋什么，他们烟消云散，他们云淡风轻。他们是你曾经美好的缔造者和造梦人。

男人在睡梦里流着泪醒来，拉紧身边人的手说，我梦见她了，她说让我好好爱你。

女人说，我知道，我们俩好好过。

我们应该释怀地活着，释怀不是遗忘，不是忘恩负义更不是喜新厌旧，是对美好生活和过往岁月的延续，再性格不合的俩人，也会因爱情在一起，再相爱的俩人，难免因现实而分开，终究曾经的美好还在，如今的重复，不是让美好远离，而是让美好重现。

以自己
舒服的方式生活

　　以自己舒服的方式生活，远比天天对一个人咬牙切齿来得轻松自在。我活得很好，比任何缜密的行动都具有杀伤力。杀敌一万，自损三千这种事，聪明人谁也不想干。

　　舒服这种感觉永远是自己的，心舒服了，看什么都是对的。

I

　　葡萄，我堂妹，娇小柔弱的体格，正义感特强。正义感谁都有，往往都深藏在内心，在需要时却被勇气这种东西给拦下来。勇气和勇敢在女孩子的身上本就少见，小堂妹天不怕地不怕，就怕没人惹她，惹了，对方皮痒痒；不被惹，她手痒痒。

　　她从小喜欢美食，一流的厨艺都是从那个浑蛋老爸那学的。现在浑蛋老爸早音讯全无，但教给她的手艺却让她在吃上异常挑剔。

　　她跟我没大没小，喊我，饭做得比狗粮还难吃。

我假装生气，你瞎说，肯定比狗粮好吃，要不你比比看。小丫头竟然猛到真要比着吃，吓我怪叫一声，大喊，野丫头，你想要我老命啊，胆子真大！

这有什么？葡萄光荣的黑历史才刚刚开头。

葡萄很野，野丫头。她不听从老家认娃娃亲的旧传统，什么先占上一个，长大不喜欢再换，干吗？秋收有果就采，无果就抛，只需等待些时候，看手中的原始股票升多少倍，男人是不是等同于财富，无形资产，只买涨不买跌？

九岁时，任性的葡萄让老妈给买喜欢的娃娃，央求无果后，生气出门，直接把门口的麦垛给点了。点着害怕了，本想吹灭，野丫头越吹火越旺，吓得撒丫子就跑去地头找老爸，等老爸跑出家，火是熄了，可二十年树龄的杨树被烧成枯槁。老妈举着烧柴火棍子撵着葡萄满院子跑，边跑边尖叫着大骂，我怎么生你这个孽障。

被暴揍的葡萄，后来最怕火。谁小时候没挨过揍，不喊疼也不喊停，硬扛着，不服气地翻着小白眼，我就不，就不，你打啊！你打死我算了！

人没被打死，老爸老妈心疼得要死。

青春期的葡萄愣把那个结娃娃亲的男孩骗进胡同，胳膊肘紧压住人家脖子，逼害怕的男孩子写悔婚书，写早有喜欢的女孩子，写再逼自己不活了之类的话。

男孩子老实不禁吓，是老人嘴里的乖乖娃，学习特好。男孩父母一大早到葡萄家赔礼道歉，送不少吃的喝的，算是提前解除这不靠谱的关系。

2

葡萄的本事家里早习以为常，动不动说不让我干这个，我就离家出走。老妈主动让她离家，半夜给她推出家外，害葡萄央求半天才给开门，说改了，再也不敢离家出走了。葡萄这点很好，说到做到，第二次暑假想跟几个同学去外地玩，老妈不答应，葡萄想想说，不答应我就不活了，我跳楼。

老妈推开窗户，边炒菜边说，跳了没有啊！葡萄家住二楼，一楼正对李奶奶的宝贝菜园子，新来的小狗没看住，到她菜园子捣乱，李奶奶追着小狗跑，边跑边举着大棍子，喊要打断狗腿。葡萄可不敢惹那个剽悍的老奶奶，真猛真敢下手。

反正葡萄的成长伴随老妈的眼泪和大骂不争气结尾，倔强葡萄的成长过程满是惊险刺激外加不了了之的结束。她不高兴就来找我这个堂姐。我在她和婶婶之间当这个和事佬多年，总结出一条最宝贵的经验，婶婶生气不超过三天，葡萄发火不超过一天。还好如此，要是火焰山一直烧，我得拿多少唾液才能灭掉。

大家都说葡萄本来是男孩子性子，怎么生出女孩子的身子，老天爷也有搞错的时候，这个孩子废了，废柴都没人要。

高一本来成绩平平的葡萄，高二开始真不知道中哪股邪性气，没白天没黑夜地发奋学习，头悬梁锥刺股的劲都用上了，好像一夜之间转性变个人。害得我们天天趴她窗户根，贴门缝偷听。直到葡萄主动表白，我想凭自己本事，出去看看外面的世界。

"世界那么大，我想去看看。"这么有情怀的辞职信当时还没红，人家葡萄想去外边的世界看看，真付出超过常人三倍的努力。底子不好，没事，我们补，时间不够，没事，我们挤。当时的小葡萄每天神神道道背单词背公式背短文，谁打扰她，她眼睛瞪得比牛眼还大。

我曾在电视上看过一个节目，说南方有斗牛的习俗，夺冠的精牛，被剽悍的男主人买下，每次比赛前都给猛灌八罐红牛。牛不乐意喝，觉得味怪，三个大男人按住牛头，齐力掰开牛嘴，咣咣咣倒进去，牛呛得直呕。

那段时间，葡萄也天天喝红牛，她一喝我就紧张，担心她想拿头撞别人，这种担心直到她高考结束，大病一场的葡萄在病床上虚弱成一个纸片人。我冲她第一次大喊大叫，从今天绝不允许再喝红牛，喝一次打一次。

葡萄被吓哭，盯着不认识的大堂姐，害怕得不行。

剩下的都还顺利，大学，毕业，工作，留在石家庄，我们姐妹合租，一前一后成家。

3

婚姻是一本无字天书，藏有绝世武功，纵然你天资超群也只能学点皮毛，总是达不到九成功力，总是伤人伤己。

结婚没多长时间，葡萄的牛脾气犯了，看什么也不顺眼，她和妹夫的恶战不息，见血机会很少，但家里桌子腿坏过三次，玻璃茶几碎过两次，墙上的结婚照被砸烂一次。

男人确实很渣。家人劝，时间长点就好了，男人成熟得晚，你得让着点，浪子回头金不换，等到他回头的那天，你就成功了。

婚姻里的成功不是等一个渣人变好，变得比坏好一点的好，别跟我说他不是比以前好多了吗，是不是我需要准备个本和笔，在他正常事情后面划"正"字符，等到次数够了，天数够了，我就可以打上及格，良好，优秀啊！

我要过的生活是现在，是每一天，是未来，而不是跟昨天没有差别的比较。在婚姻里昨天很难规整为零，说日子肯定会越来越好。昨天就是一块坚硬的水泥地，谁摔在上面谁都疼。

疼够了，心才会硬起来。

偷偷离婚的表妹只告诉我一个人，自己躲在新家里疗伤。再去看她，原本精致漂亮的姑娘怎么在家变成那样，发白的棉布睡衣，足足大两码的拖鞋，原本的离子烫秀发被她剪成板寸，脸上还贴满黄瓜片。

我生气地说，难道你要颓废下去。

她微笑着说，在私人空间里，我要以自己舒服的方式生活，不在乎任何人的眼光，唯我独尊。

她说，姐，你好好想想有没有一件东西或一件事是让你感觉舒服的。

舒服这个词好像一个薄薄的纱帘，风一吹，会把让你难受的事情挡在窗外。也许只有儿子给我捶背时舒服，喝老妈熬的乌鸡汤时舒服，泡完热水澡，慢跑发汗后舒服。

舒服是突然的事情，是带有转折意义的，一根筋撑很久，唰地松下来，好舒服。

她说，我以前觉得幸福是两个人的事，一方打破就是不负责任，其实幸福只是你一个人的事。现在的我，穿舒服的棉衣和平底鞋，舒服地在午休后读书，听音乐，舒服地给盆景修造型，舒服地吃喜欢的冰激凌，舒服地吃样子很差但味道很美的虾仁意大利面。

自由惯了，受不得拘束，没有相同的价值观，偏要在生活上限制你自由，美其名曰钱都是省出来的。一分一分抠出来，你不去挣去哪儿抠，抠不出来就说你讨厌过穷日子，我没有不乐意，但是对方真的变成吝啬鬼。我丝袜坏个洞，说没事补补就算了，没人看。放屁，满大街的年轻小姑娘，穿个被大男人补得那么艳色的洞洞，说没人看？我最喜欢的李宇春到我们这儿演出，我跟他商量想去看，他笑话我玩什么高端大气上档次，在家我给你买碟不行吗？花那个冤枉钱，有钱烧得。笑话，花也是花我的，关你何事？

钱分清你我，这日子也就被掰开了，再过下去就不是过日子，而是吵日子，小吵大吵多了，谁火气都旺，逼急了直接把日子吵爆。

你们都劝我忍，我不知道自己为什么要忍，这日子我过得心里不舒服，不舒服懂吗？

离了还到我单位去闹，有的小丑演技就是好，到舞台上根本不需要打扮，一出手就知道有没有，这个潜力我怎么没早点在那人身上发现。看来婚姻隐藏最深的是不管感情在不在，还能装出腻死人的甜劲。而最能体现爱情有没有，最好的方法就是吵架，看男人在吵架中知不知道让着你，才是爱不爱你的表现。

我不爱你了，你的表现再好都是谎言加口水的交替战。

4

分手后，男人四处造谣，甚至全家出动，散布恶毒消息，说我过不好，你也别想好。葡萄竟然特别沉得住气，不闻不问，任外边风言风语。老妈后悔逼女儿嫁得太早，没看清渣男真面目。

葡萄不争也不闹，继续过自己的舒服日子，想干什么干什么，不顾及别人的看法。时间一长，口水早被太阳晒干，男人也因贪小便宜中饱私囊被原单位开除。

葡萄说过这样一句话，我管不住别人的嘴，但我管得住我的嘴，世界上最污垢的地方根本不是国家明令禁止的那些不法之地，而是悠悠众口。有人能口吐莲花，有人能吞金不语，有人能把你夸成花也能把你污成鬼，女人污点可能会可爱，但男人污点就是进了污池。他跳得再高也高不过井口，井底之蛙看世界，眼界就那么大点，干吗要跟他们僵着。

战争不是一个人的，没人应战，他的动静再大都是花架子，瞅准机会踢他要害处一脚，看他还能蹦跶多高。

以自己舒服的方式生活，远比天天对一个人咬牙切齿来得轻松自在。我活得很好，比任何缜密的行动都具有杀伤力，杀敌一万，自损三千这种事，聪明人谁也不想干。

舒服这种感觉永远是自己的，心舒服了，看什么都是对的。

如果快乐，
那就够了

只要我们感受着快乐，追求着快乐，我们就永远不会输，不输就有赢的机会。

刘若英在《很爱很爱你》中唱：

地球上两个人，能相遇不容易，做不成你的某人，我仍感激……

当我拿着热腾腾的新歌要你听，电话里你说："我不要听，你只告诉我，唱这些歌，你快乐吗？如果快乐，那就够了。"

如果快乐，那就够了？

我们快乐吗？

五天前从蔬菜超市买回一根打折促销的白萝卜，头顶簇拥着憔悴的小绿叶，我也不知道为什么会看上它。它不好吃，有怪味，浑身脏兮兮的，带着层灰色的绒毛，可我看见它，就好像看见小时候菜园里拔萝卜的儿子。那时儿子在外婆家，每次打电话都嚷嚷，妈妈快说，还有事吗？没事我去玩了！

那时的他是快乐的！

萝卜被我扔进水池，打算明天做白萝卜炒辣椒。随后的日子我天天忙得焦头烂额，忙着心里极度不乐意的事，说心不甘情不愿的话，跟醉鬼解释每件商品的产地和功能，跟挑剔的情侣演示空调节电与否的实验，还得跟领导解释下雨天的销售为什么比晴天的销售数据难看，增10%和减1%的原因和应对措施。

周一的晨会过后又是季度分析会，中间的男人把"为什么"的口头禅发挥到极致，女人来大姨妈和男人雄起都要问个"为什么"！明星穿透视装和皮裤谁美谁被设计师坑，也要多句嘴问"为什么"？楼上公司的女神被男屌丝娶回家，他也要问句"为什么"！

为什么？我怎么知道。

当他再次质问我"为什么"销售下降0.35%时，彻底激发我的反抗欲望，我拍着桌子朝他大喊，不知道！

那天，辞职意识又清醒地拍了我一巴掌。

韩剧《彩虹》中将近40岁的女主辞职写剧本，处处受挫，因经济窘迫被朋友拉去当群众演员，醉酒的男人朝过路的女主发飙。

男人问，你要到哪里去？

女主回答，不知道。啪的一记耳光，咔，导演说不行。

男人再问，你要到哪里去？

女主茫然地回答，不知道。又啪的一记耳光，咔，导演又说，不行。

二十条后，二十记耳光啪啪啪打在左脸上，红肿一片。女主发飙大骂，愤怒到极点，根本没按剧本说，竟然通过。

你要到哪里去？巴掌多挨几次就知道了。狗屁，要不你试试！

你快乐吗？你要到哪里去？

快乐是人生在世的出发点，去哪里是选择的路，到不了心中的天堂，快乐也走不远。

我们总在正确的事和容易的事之间做选择。正确的事遇到的困难往往大于容易的事，于是我们很多时候选择容易的事，用手到擒来和得心应手来应对生活，甚至高谈阔论说它是能力，是实力，是生存技巧。

晚上经常看年轻的女孩子到便利店买东西，穿着暴露，买烟，买湿巾，买计生用品，开口闭口他妈的，操，干个试试，脖子胳膊脚踝甚至额头都有文身，总会有整条胳膊色彩斑斓的男人陪着，满嘴酒气，会偷偷地亲女孩白皙的脸，会双手环住女孩的腰，会摸她们的脸，放肆的那种。

女孩子总是大骂，滚蛋，有病啊！

男人觍着脸笑着说，我有病，相思病。

我很讨厌，讨厌夜幕下的那群人，可我无法避免跟他们多次碰面，我会很刻意地让路，躲远远的。

有一天，我凑巧又去便利店，看见那种女孩子里的一个在央求服务员，问有没有充电器，自己手机没电了，能不能用下，我给钱，一定给钱。

服务员低着头，不耐烦地说，没有。

我看见女孩子快要哭了，黑色的眼线像只小蚂蚁在脸上爬。我刚好带着充电器，什么也没想就借给她，手机在店里充，我们在屋外等。

女孩的声音很甜，说，谢谢，姐，我真有急事，我妈病了，我着急给我妈打电话，没想到没电了，急死我了。

我微笑着说，打通后，回家去看看。

她说，看什么看，我除了寄钱，什么也干不了。

你快乐吗？我突然问她，都说，父母最在意儿女是不是快乐。

她哽咽着说，快乐，是啥？我没见过。我知道你们瞧不起我，可我没办法，我没文化没技术只能干最简单的活，钱多但遭罪，瞒着家里连家都不敢回。

女孩想哭，却使劲忍着。

生存需要技巧，可快乐是简单的，我们活得不简单，快乐也会疲惫，累了就会睡着，只在梦里出现，任你肆意遨游，醒来我们都忘记了快乐的模样。

我终究跟那个男人说了拜拜。

我后来再没见过那个女孩的面。

只想做正确的事，因为那是路，可以走好久。

萝卜白胖的身子不见了，剩下的只有灰蒙蒙的外皮，跟老人劳作多年粗糙的手纹一样。水停了三天，可它的花还在开，浅紫色的小花早晨开，晚上就收起来，第二天就枯黄。我看着它，突然不敢叫醒自己。

该干吗就干吗。时间到了，我长，我生机盎然地长；我开，我肆无忌惮地开，不需要谁看见。阳台、卧室、客厅、厕所、水池、垃圾桶，甚至被人遗忘的角落，我的事我干，跟别人无关。

爱情里"随便"一个人就好，司机老王小王大王别管是谁，女人应该被男人保护，陈升劝慰地说给"奶茶"，奶茶定定地看着他，看着懂自己的那个人。

可是，只能看着，远远地看着。

我特意上网去找，找了好久，就好像在找年轻时刘若英一直暗恋的那个男人，我找他们在舞台合唱的样子，找他陪老婆孩子的样子，找他自由洒脱的样子，找他看着哭泣的"奶茶"什么也不说的样子。短短的54分钟脱稿采访视频，我足足看了两遍，一遍为了奶茶，一遍为了她很爱很爱的那个男人。

我喜欢"奶茶"，我更喜欢那个"老男人"。

原来真有那么一种人，会真正在意另一个人，在意一生，如父如兄如朋友如知己交融的情感，原来真有奇迹发生，叫陈升的那个男人选择隐忍和躲避，选择送行和放手，最后只问一句"如果快乐，那就够了"。

你快乐，我也该闪了。

萝卜我舍不得扔，细心地呵护，可越细心它败得越快，就像分手，不见，远行，背影。

为了快乐，放弃所谓的浮尘，值。

儿子说，我在外婆家玩得很开心，我说快乐就好？

刘若英的歌又响起，我好像看见一道彩虹，我们站在山谷里需要仰望，我们站在半山腰需要眺望，我们站在山顶终于可以平望。它很美，跟我们想象的一样。

如果你还有可以再失去的，那你就不是一名失败者。没成功的人，不是绝对的失败者，只是相对的慢者。

只要我们感受着快乐，追求着快乐，我们就永远不会输，不输就有赢的机会。

如果快乐，就赢了自己，不是吗?

努力做"跌倒了爬起来最快的人"

我欣赏孩子摔倒，让他们自己爬起来的父母。跌倒了，主动爬起来，次数一多，摔跤的痛早已经变成避免摔跤的准备。成就大事的人，摔过的跤更多，但爬起来得更快。

一个残疾学生，入校后看到其他残疾同学都可以参加各项运动，就决心练长跑。经过一段时间的锻炼，他去参加比赛，但很快就第一个摔倒。后面的人马上跑到了他前面，可是这些人后来也都一个个摔倒了。最后这名残疾学生拿了冠军，在接受记者采访时，他说："拿到冠军，不是因为我跑得最快，而是因为我爬起来得快。"

努力做"跌倒了爬起来最快的人"比跑最快的人更值得尊敬。

1

杨桃是我高中的小师妹。小时候长得丑，丑到没有朋友，背后人们都喊她"丑八怪"。她看别的家长把孩子抱在怀里，亲亲小脸，这样的温情她从来没有感受过。她是孤儿，很小被堂叔收养，收养只是多喂一口饭，多让喝一口水，再配上干不完的粗活累活。

可她是个心存感恩的好孩子，知道堂叔家不容易，脏活累活抢着干，几件肥大的衣服总是脏兮兮的，头发乱糟糟的。橡皮没了不好意思伸手朝家人要，手指沾点口水，在错字上来回蹭，作业总是左边一块黑污点，右边一个大窟窿。

她常被老师罚站，作业完不成，作业有漏项，作业错得太多。班里垫底的"丑丫头"不怕受欺负，不怕遭别人骂，不怕回家的路上被人偷偷绊倒，不怕狼狗挡路。她最怕叫家长，别人的家长是不用叫的，三天两头朝学校跑，对老师嘘寒问暖，外加侧面了解孩子的学习情况。临走还关照老师，孩子该打就打该罚就罚，我们不会介意，您多费心了。

杨桃遇到叫家长只能扯谎，堂叔出门了，堂婶病了，堂姐不在家。要不就是堂婶出门了，堂叔病了，堂姐找不到。老师也懒得管，时不时跑校长室，提出让杨桃转班、转学或者退学，反正不想要那个笨孩子。

校长心眼好，常照顾杨桃。杨桃总想，世界上怎么会有这么好的一个人，会悄悄背着人给我送吃的，会叫我去家里吃茴香肉馅的大包子，会在我生日当天送贺卡和礼物，会给我洗头缝衣服，会给我用白净的热毛巾擦脸，会让自己儿子喊我姐姐。

世间有一种人就叫"贵人"，对你恩重如山，让人感深至骨。校长把她当女儿待，要求她一定要好好学习，这是改变命运唯一的途径，更是让自己有选择权利的唯一机会。

学习不好，起步低，慢慢来，每天进步一点点，再回头你已走了好远。

以前杨桃所在的初中根本没设"进步奖"，校长为更好地激励陷入沼泽的杨桃，其实是特意为她设立的奖项。从那以后，杨桃是初中三年来获得"进步奖"最多的学生。

初三中考前夕，校长被调往重点中学。杨桃考试发挥失常，心情压抑偷拿堂叔的钱，跑去网吧玩通宵。

被发现后一阵狠揍，堂叔扬言不许她再读书，回家给小饭馆帮忙。杨桃不依，被堂叔赶出屋子。屋外的雨把傻掉的杨桃一次又一次地猛浇，她双腿发软坐在雨里，平日跟她最亲的大狗阿黄不停地朝她呜咽。

杨桃心想，我避得了这次，怎么避得了下次？暴风雨请你来得更猛烈些吧！

她没有如愿，她发烧，晕进一个人的怀里，然后，她住进那个人的家里。

原来真会有个人的怀抱为你挡风遮雨，真会有个人会给你吹湿头发，搓后背，梳头，把一双筷子放进你的手里。

校长身体不好，瞒着杨桃。自卑的杨桃不敢动校长家的任何东西，总担心自己一个不小心让校长生气。

又是个雨天，校长让杨桃把书柜上的书收拾出来，统统扔掉。杨桃心疼得直掉泪，没敢说话。校长把第一本书扔进垃圾堆里，杨桃立马跑过去用小手擦掉上面的脏东西，放回来；校长又扔一本，杨桃又迅速跑过去把书搂在怀里。校长假装生气地说，留着有什么用，又没有人看，瞎了这些个好东西。

杨桃急忙接话，我、我、我看，我都看，留着好不好，求求你了。

她用了"求"这个字眼，一向坚强倔强的傻丫头，终于开始为心里喜欢的东西做表达。

校长心思达成，她偷偷从外面买来各种适合杨桃看的书，今天塞一本，明天放一本，书越来越多，校长的病也越来越重。杨桃慢慢变得会主动寻求帮助，会融入班集体，会鼓足勇气参加歌唱队，还为学校的演讲赛写稿子，她的作文越来越好，也越来越爱笑。

"女大十八变，越变越好看。"杨桃的大眼睛含着忧伤的气质，她喜欢静静地读书，把喜欢的段子都背下来，文章里信手拈来，上报上杂志的豆腐块越来越多。她读给校长听，病床上的校长一听，就说不痛了，不痛了。

校长在病床上给杨桃讲蜘蛛的故事：有一只蜘蛛，在两棵树之间织了一个网。可是，天却忽然下起雨来了，这个刚刚织好的网一下子就被打落下来的雨点给弄烂了，这只蜘蛛从网上摔了下来。可它并没有放弃，它一直织呀织呀，每一次失败，它都在反复地想自己为什么失败，就这样它一次又一次地积累经验，最后它终于在一个避风的地方把网织成了！

法国大作家巴尔扎克曾经说过："苦难对天才是一块垫脚石，对能干的人是一笔财富，对弱者是万丈深渊。你的选择决定你要成为什么样的人。"

在杨桃拿到本硕连读的入学通知书后不久，校长走了。杨桃给安睡的校长穿衣服，看着睡熟的校长，突然双膝跪地。

杨桃脸上淌满热泪说，干妈，您放心，我一定会过得很好，不会让您失望。那边天冷记得多穿衣服，家里放心，我会照顾好弟弟，您累了。

早已跟堂叔家闹掰的杨桃，上大学前还是去看望他们一次，病床上的堂婶不停地说道歉的话。杨桃笑笑说，没关系，您是长辈，说什么我都不会放在心上，等我毕业了，挣钱了一定会孝敬二老。

感恩山水有相逢，感恩故人能再见，感恩一声鸟鸣，感恩一缕阳光，感恩落在脸上的雨点，感恩刮进心里的那阵微风。

到最后，我们总恨不起很多人，岁月如白粥，总觉得没滋没味，当嘴唇品下那种暖暖的润润的能让人充饥让人缅怀不已的白粥，才发现原来我们从没有放弃爱和感动。

小时候，我们跌倒了，疼爱的亲人总是赶紧抱起来，摸摸头，念念心诀，"摸摸头，不疼啊！"老一辈的人更是假装生气地朝摔倒的地方踩脚，边踩边喊："叫你摔我们，叫你摔我们，该打，该打！"不懂事的我们不哭了，原来摔倒不是我的错，是地面不平，是路面有个坑，是土太乱或者太硬，是路太滑，是地太光，我的错有人背，我还可以撒娇哭泣要好吃的作为补偿。

时间一长，我们都变成永远对的人，错的责任被宠溺的疼爱矫错了方向。

错误的道路走远了，再回头就不会太容易。

我欣赏孩子摔倒，让他们自己爬起来的父母。跌倒了，主动爬起来，次数一多，摔跤的痛早已变成避免摔跤的准备。成就大事的人，摔过的跤更多，但爬起来得更快。

努力做"跌倒了爬起来最快的人"，对自己狠一点，就是对生活多一些宽容，我们心怀感恩，继承下别人的精气神才能活得有骨气有尊严。

明白苦难存在的价值，
我们的生命才更有意义

苦难不要跟他人比，幸福也不要跟他人比，好也认真，坏也认真，生活最怕认真了。一认真天就放晴，心也就安静下来，幸福，也可以是安静的、透明的，别人看不到的生活背后，带着冷漠气息的日子也有幸福的影子，被一个人藏在身后。

上周放在楼道里的电动车电池被偷了，着急办事的我气得想骂街。今早下楼，一楼大爷跟我说，隔壁楼道昨晚一辆电动摩托车的电池也丢了，肯定比我的值钱，说完，用鼓励的眼神瞧着我，背后的隐晦语好像是："找个比自己更倒霉的人垫底，是不是显得心里舒服些了？"

我到单位把小区两次丢电池的事一说，这才发现原来大家都被小偷光顾过。

同事A说，新买的自行车没骑一周就被小偷给顺走了，太可气。

同事B说，新买的手机刚用一个月，试件衣服就被小偷掏了腰包，太可恶。

同事C说，新买的手提电脑刚熟悉，半夜被贼入室偷窃，太他妈的可恨。

还有同事D、同事E等等，好像不丢点东西就跟不上时代潮流，大家攀比着所丢物品的价格，甚至隐秘内容，说着说着大家都忘了对小偷最初的谴责，竟然变成寻找心理平衡的大会，背后偷偷议论，还好，我不是最倒霉的那个。

不是最差的那个，心里就好受很多，这种奇怪的心理跟了我们很多年。

l

小学六年级，我最差的成绩是班里第九名。我跟儿子显摆，儿子低着小脑袋，不说话，看着努力上进的儿子露出那样失落的表情，我于心不忍，终于把秘密和盘托出。其实妈妈的老家很小，全村没几户人家，到六年级，辍学的厌学的离开老家的，最后全班只剩下九个学生，九个，所以不管走到哪儿，我都可以自豪地说，我的成绩根本没出过全班前十。

我这个倒数第一的主，也可以自大狂妄得不行，是不是很嚣张啊！

儿子傻眼了。

我们总在生活中用一种类似美好的说辞来吐槽自己狼狈过的生活，毕竟是过往，说来听听，有时还会莫名其妙地笑笑，笑当时的幼稚和傻。

后来学生时代的校花长大后嫁给小县城的二婚，瞧瞧我多幸福；最壮的男生当兵受伤复员回了老家，瞧瞧我多健康；学习最好的男生没找到理想的工作，瞧瞧我多幸运。

她的老公个子矮我的老公个子高，她的儿子学习差我的儿子学习好，她家住平房我家住楼房，她骑电动车我开车，她蓬头垢面我套装得体，她出门坐大巴我出门坐飞机，反正各种的比较接踵而来，趾高气扬地说，瞧瞧谁都不如我！

如了怎样，不如又怎样？

别人的生活我们总想插上一杠子，评头论足，窥探别人的隐私，嘲笑别人的喜怒哀乐，也增不来你的荣华富贵，但因为自己不是最差的那个，有人垫底，心就顺，就舒服，就爽。

影视剧里绿茶婊总看不得别人好，要不搅和要不拆散，插足插得那个义正词严，因为爱情。因为爱情，我忘记了痛苦的模样，直到被人家甩被赶出家门，才哭丧着脸说，没想到我也是这样的下场，幡然醒悟后再主动找好心的前大姐和解，说对不起，说我错了。

说"我错了"的人肯定做过错事。

说"我乐意"的人一定干着别人不乐意的事。

说"我瞧得起你"的人一定干着别人瞧不起的事。

最后剩下的只有血淋淋的惨痛。有人痛一次就改邪归正了，有人错三五次还痴心不改，要跟正统的道义拼个你死我活。你也不好好好想想，总做蛊惑大众、丢三德的事，谁会喜欢这样的人。

2

孩子幼儿园的老师李姐，脾气好，说话温柔，对孩子特别有耐心，深受大家的喜欢。由于住一个小区慢慢变得很熟，好几个周末我顾不上管孩子，她主动提出帮忙，把孩子带回家给炖鸡腿蒸红烧鱼炸丸子，吃得儿子天天叫嚷着，我找李老师，我找李老师，连妈都不要了。

后来我们搬走，很久没见。再见是在喧嚣的夜市上，聊着聊着她极自然地提到自己离婚了，带着刚大学毕业的女儿和年迈的老妈单过，男人又娶个比女儿大不了几岁的姑娘，50多岁又生个丫头，连自个的亲老妈亲老爸都不管。

我加李姐微信，朋友圈里经常看她带老妈出去玩，去龙泉寺摘槐花，研制各种美味小吃；带老妈去花市买花，还给老妈把花戴；让养了十五年的两只乌龟赛跑，发老妈认真翻看《中华上下五千年》的视频，还每晚出去散步，说今天走了2000步，比昨天多500步，自己好棒啊！再配上一张张盛开的鲜花图片，我能感觉到她时刻在微笑。

其实我特喜欢她现在的状态，从容淡定，不奢求什么也不鄙视什么，自然、豁达、大气，陪着乖女儿好好长大，陪着老妈一起变老。

别人绕不过的苦难，于她就是一出戏。你画着脸谱上场，唱得再热闹，于我就只是一场跳出真实生活的戏码，我尊重自己，享受生活，怡然自得的那个劲比你美上一万倍。

你是一壶老陈醋，总有酸倒别人牙的那天。她说，这样的生活才够味。

3

有位女同事长得很好，特有气质，爱唱歌，经常参加单位组织的卡拉OK大赛，每天穿得那么妖娆，打扮得跟个妖怪似的，很多人背后议论、怀疑人家是靠男人不顾家，用身体吃饭的主。

我跟她接触久了，明白根本不是这样的。恰恰相反，同事的爱人不好好工作，整天游手好闲，不顾家不养老婆孩子，天天在外面惹事。其实她过得挺难，喜欢她的男人很多，她都得体地拒绝了。

前段时间她男人出车祸，高位截肢瘫在床上。别人又说，这次她找的小白脸该露头了，肯定把自家男人这个大包袱给甩掉，倒要看看这出戏她要怎么演。

结果出乎大家所料，她还是原来的她，该笑就笑该闹就闹，还是以前那张精致的脸，不断变化的漂亮发型，只是多了几根白发而已。每天细心照顾床上的男人，体贴中考的女儿，日子很苦，但没见她在外人面前失态过。

人们又开始说，这个女人真不容易，日子过得不易，想想我们比她强多了。

强多了，就好好生活。

差多了，就好好赶上。

她说，快乐也是一天，痛苦也是一天，我何必跟自己过不去，过得去要过，过不去咬咬牙也要过。我们要跟生活较劲，跟个外人较什么劲？活自己的，关别人何事！

她的苦难，在她看来只是生活的一部分，好好过好日子，苦难就变得无意义。

4

我妹在我心中是最坚强的人，生孩子难产，医生没办法硬是用手把孩子从肚子里给拽出来，妹当时就晕过去。孩子生下来一分钟内没有哭声，医生倒提着孩子的小脚，使劲拍孩子屁股，拍得鲜红孩子还是软塌塌地不出声。医生掰开孩子的小嘴，做人工呼吸，最后从鼻孔里飘出一丝的呼吸声，紧接着嘴里发出比刚出生的小猫还细的哭声，比头发丝还细。

当晚我妹和孩子都住进县医院，大人万幸没有大碍，可孩子在母亲肚子里的时间太长，脐带绕颈，严重缺氧，情况特别不乐观。虽然没有生命危险，却存在严重的脑瘫后遗症。大脑拍片发现脑干有一圈积液，假如积液在短期内能顺利被吸收，孩子将没有太大问题，如果积液不能被吸收，会严重压迫大脑发育，从而小脑萎缩成为智障儿。

我们全家都陷入深深的恐惧中，小小的孩子躺在宽大的床上，嘴巴张到最大，一直合不拢，额头插着输液管，身上带着监测仪。我妹该吃吃该喝喝，脸上看不到要死要活的样子，看不到一丝愁容。

孩子一个月后出院，情况慢慢变好，但仍然需要长时间吃药，直到三岁左右。大家都害怕孩子不会说话不会走路不会叫妈妈，但是万幸的是，孩子眼睛能看耳朵能听吃得倍儿多，小手会抓挠会握拳头会抢东西不放，小脚会有力地踢被子踢妈妈的大肚子，我们的心才渐渐放下。

孩子一周半，我拿着他的脑CT片子去省里的大医院找专家看。专家指着片子说，大脑里的积液还是有的，所以不好说。我问，最坏的结果怎样？专家说脑瘫。我又问最好的结果呢？专家说，积液只部分被吸收，可能会压迫到运动神经，孩子未来的运动能力受限。

我听完，躲在没人的地方大哭，不敢跟妹说。

整个过程，我妹都没有抱怨过谁，没有对命运提出质疑。也许她心里一直坚信，我的孩子没事，我的孩子没事吧！现在孩子13岁，特别健康。

很多时候，我们信念的选择会决定你今后不一样的生活，例如对痛苦的理解，对幸福的定义，对未来的期盼。

现在我妹对孩子的要求很简单，健康平安就好。

因为我们的孩子一直健康，所以我们要求他学习好，上各种辅导班，学手风琴小提琴钢琴二胡萨克斯甚至架子鼓，看班级排名学校排名辅导班排名，要他做我们小时候都没有做过的事，美其名曰不输在起跑线上，只因为他们健康。

假如他们不曾健康过，我们是不是会改变很多？

快乐就好，但愿不是空话，而是真心话。

5

以前参加同学聚会，我也会自卑，工作不好，生活不好，孩子不聪明，以前亮眼的工作早已不是香饽饽，以前看不起的人腰缠万贯，以前比自己差的人，现在住别墅洋房，甚至最次的那个还当村主任的，家里的资产都不下六位数，只有自己还拿着微薄的工资，饮着别人的白眼，拿自己的汗水和枯竭的体力在跟生活斗争，真惨。

我还不够成熟，跟比自己差的人会信心倍增，跟比自己好的人就变成落汤鸡不敢上岸。

想想自己还是自卑，自卑是自卑者的通行证，高尚是高尚者的座右铭，这句话真贴切。

同样的两根金条，你说哪根是干净的，哪根是肮脏的。

我现在明白，如果来得正派，什么都是美好的。

允许自己美好，不允许他人幸福，既是自私，更是虚荣。

苦难不要跟他人比，幸福也不要跟他人比，好也认真，坏也认真，生活最怕认真了。一认真天就放晴，心也就安静下来，幸福，也可以是安静的，透明的，别人看不到的生活背后，带着冷漠气息的日子也有幸福的影子，被一个人藏在身后。

我们总想跟别人比，比着比着就老了。当某个阶段停顿了，就从头接着比，比来比去，把自己比没了，把孩子比大了，把生活比得变了样子，把幸福比得不敢露头。

有个游戏是打地鼠，地鼠一露头就打，看谁打得多打得快，现实是躲在洞里的地鼠你打着它头一次，它就躲在里面再也不敢出来，痛一次就好。

所以让我们痛一次就好，不痛更好。

请不要选择跟有过苦难的人去比较，来求所谓的心理平衡，这不是智者的表现，只是愚蠢的象征。

放着好日子不过，偏偏要自虐，是不是有病啊！有个人这样说。

你的气质会是
你一生最好的品牌

欣赏一个人，有的需要用一生的时间，有的只需要一下子。气质才情学识俱佳的人，是我们一辈子需要欣赏的人。

我是一个诚实的人，我承认自己是一个糙女人。

糙到对生活要求很简单，对行头要求很简单，对未来要求很简单，但我对精神追求的要求却很高。

身边的女友个个把自己打扮得好像都长了一张相似的脸，连香水的味道都相似，大家都说是名牌。

小美天天朝我们炫耀新买的白色包包好几千，吓得我瞠目结舌，喊她败家子，虚荣，死要面子活受罪。

人家回我一句，身份，懂吗？这是身份的象征。

上周小美哭花脸朝我们哭诉，没焐热的包包被小偷下手了。她哭得那个伤心，我的亲包啊！我还在想难道还有后包一说？脑袋一转，嘴就秃噜了。人家小美立马不哭了，搂着我亲两口，大喊，还是姐们心眼多。

没过几天，她又买个一模一样的，我们都捂着自己钱包，警告小美，不要怪我们没提醒你，这次朝我们借钱，没有。小美自信地说，不借。

小美还有个不错的红包，但比丢的那个档次低好多。她今天背红包，明天背白包，没想到自己一个不留心，红包也被贼得手了。小美这次哭得更伤心，边哭边说，看来贼也是个行家，假包不偷，偷我的真包，这些小偷真可恶。

我们又一次惊得下巴都快掉了。

身份跟行头有关系，无可厚非，但我们没有那么大的头，干吗戴顶那么大的帽子？个子不高，岂不是压得你更低？我们都是普通人家的孩子，实在端不起高大上那种饭碗，小小得意一下可以理解，但铺张浪费外加过度张扬真的有点过。

另一个朋友小衫，家境很好，但我们都不知道。她瞒人的技术很高的，每次到单位，都是把车停得远远的，再走过来。每次出去玩，也跟我们野在一起，我们迷上锅贴饼子或者街边小吃，人家也能跟我们嗨到一起。想帮朋友先给个台阶下，从不趾高气扬。直到公司开庆祝年会时，我们才知道原来她父亲是公司的一个大股东，她来这无非是体验生活。

我们把生活过的酸甜苦辣，尝尽人间百味，人家竟然只需要用"体验"两字就可以打发掉。

人比人气死人。小美的原话是，再也不要跟她穿同品牌的鞋、同品牌的衣服，拿同品牌的包。我本来以为人家虚荣，学我，现在知道，我才是天底下最大的傻瓜。我就是人家屌丝的另一面。

我们本想躲小衫远远的，可看见人家那个真诚的样子实在不忍心，后来集体一商量，有什么，我们又不仇富，她的父亲是她父亲，她是她，她是我们的朋友，仅此而已。

后来小衫离开的那天，请我们常去的土家菜吃我们的老八样，大家喝得醉乎乎的，都喊着要抱抱，说舍不得。

没醉前小衫问大家到底喜欢她什么？我们异口同声回答，有气质，不矫情，心眼好，值得信赖。

她说，我以前不是这样的，以前身上全是名牌，出门司机接送，每天泡吧唱K喝烈酒，那种日子过了很多年。后来遇见一位跟我家室相当的女孩子，她穿着普通的衣服，气质好得那叫一个没得说，脾气好，性格好，为人谦和。当我暗恋的男孩子选择她后，我主动退出。因为我也喜欢她，远远看着她，让人温暖得好像在看一朵兰花，气质如兰估计就是她那样的。

人活着就得真实，我太不真实了，总感觉自己高高在上，其实是不食人间烟火。那样的人如若不是天使，肯定被凡尘熏死。当我放下外在的东西，从没有朋友到结交很多知心好友。原来有好朋友分享才是人一辈子最大的福气。

气质才是你一生最好的品牌，我不要做一个昂贵的衣服架子，要做一个有气质的女人。

小美后来也变了，变得不再浓妆艳抹，淡淡的素素的比以前还漂亮，喜欢她的男孩子也不再说那个女孩好贵啊，主动表白。

小美谈恋爱了。

我们集体恭喜这个高傲的姑娘终于可以低下头，过上自己的生活。

"道可道，非常道，名可名，非常名。"气质也如此，说不清道不明的一种形成过程。有人说跳舞，有人说弹琴，有人说注意言谈举止，有人说心胸大度，有人说情怀天地，其实都是气质形成的一方面，真正的气质应该是内心的淡定、从容，悲悯人生的精神追求。

气质是一个人修身养性的养成过程，需要长时间的自我锤炼，而读书是帮助我们气质形成的最重要因素。书里有无数的人生让我们体味，嬉笑怒骂是一种人生，生离死别是一种人生，游戏人间是一种人生，痛定思痛也是一种人生。

境界高了，俗世看空了，我们才能超然些洒脱些，自由些。

我们都是不愿被束缚的人。

遇见大学同学实属不易，错过多次的机缘终于再会。我在出站口等她，她胖了，原来天天忧伤的姑娘走出那条散发着丁香气息的古巷，重回人间了。她脱下身上衣服来给我披上。两天时间真短，在宾馆我们聊得特开心，她笑得真好看。

她说，我也变了，以前很野很倔强很要强的姑娘，现在书卷气浓了。社会中那些俗不可待的东西没有改变我，说很像一本书，让人忍不住打开的书。话说得不满也不少，事做得不紧也不松，有种独特的气质。

我从来不认为自己是一个有气质的女人。

可气质这东西是一个人散发出的光芒，需要那些被照耀过的人来告诉你。我真心谢谢老同学，说了那么多。

每个人的好都是独特的，我们不知道一朵花什么时候开，就像夜来香，避开繁华和热闹，无须别人的夸赞，黑夜里，独自香，让人枕着花香入眠。

有人如兰花，有人如牡丹，有人如百合，就有人如夜来香，鸟语花香的世界，我们都是听者。

有人问毕加索："你的画怎么看不懂啊？"

毕加索说："听过鸟叫吗？"

"听过。"

"好听吗？"

"好听。"

毕加索反问道："你听得懂吗？"

欣赏一个人，有的需要用一生的时间，有的只需要一下子，气质才情学识俱佳的人，是我们一辈子需要欣赏的人。

你的气质会是你一生最好的品牌，无须写上名字，谁也不能把它撕下来。

Part 6
从现在起，
做更好的自己

灰头土脸的日子总被欢快的语调一带而过，早晨总会等着迎接朝阳，因为我们相信，光照到身上的感觉每次都不一样。

我知道你想哭，
但你要忍住

人的一生中，最为辉煌的并不是功成名就的那天，而
是从悲叹与绝望中产生对人生的挑战和对未来辉煌的期盼
的那些日子。

绿茶姑娘的五年恋情被那个男人批得一文不值，一番"有效爱
情时间"理论让懵懂的她连失意资格都没了。

男人喊，你说爱了我五年，怎么那么狠心那么残忍？那好，你
算算，五年1800天，减掉我们吵架，冷战，吃饭，睡觉，各自去嗨
去发泄去喝闷酒唱分手情歌的时间，我们真正爱对方到底有多久？
估计也就一年左右，我们真爱一年，却相处五年，难道你看不出我
曾真的在乎过你吗？

因为在乎，我也在忍耐，也在试着磨合，也在试着接纳，可最
后我把自己搞得心力交瘁。我放弃你，因为这不是我要的生活。

男人趾高气扬地走了，绿茶姑娘哭三天三夜，醉三天三夜。我

们找不见她，我们打电话不接，我们发微信不回，我们拿着大喇叭在楼下喊她不应。直到她哭完，悄无声响地推开窗，左手举着玻璃杯，大喊一声，停，我喝完最后这杯泪水，就开门，不许再闹了，乖，再等我一会儿。

她说，凡没有就着泪水吃过面包的人是不懂得人生滋味的人，歌德托梦给我，我顿悟了。

每个人都有选择生活的权利，我也是，我要撕心裂肺，我要为情伤心，我要不依不饶，我要出最后一口恶气，我要，我要……最后她泄气地说句，否认前任，就是否认自己，我不要否认自己，所以我还会记得那些美好，不忘，念着，自己的那场独角戏。

《好想好想爱上你》中男主的前女友刘月亮明白自己想要什么样的生活，最后一个人回大理，听从内心的声音选择想要的生活，有个爱自己的老公和两个可爱的儿子，但她从没有怪对方，那个闯天下，挣大钱，一心想让她过富裕的生活而远赴海外的前男友，因为那是他要的，不是我的。

结婚多年，她脖子上依然只戴着一把钥匙。她说，她要给那个男孩一点希望，希望就是放下，就是打开，就是用自己的这把钥匙打开对方那颗不敢再爱的心。

谢谢你，让我知道自己还有再爱上另外一个人的能力，这句感谢的话，该是多么的深邃。

绿茶姑娘说很怕看爱情故事，总觉得结尾处的幸福生活是画蛇添足，总觉得滑稽的分手理由是雪上加霜，让美好更美好，让幸福更幸福，是加法；让美好经历磨难，让幸福带着遗憾，是减法。其实生活中不仅仅是加减法，还有乘除法，只是我们习惯正正得正、负负得正的理论，却忘记很多时候正负相加得零，正负相乘也是负数的事实。有时生活需要我们从头开始，有时需要我们倒退到从前，反思和沉淀。

她说，我也要为自己"有限的生活时间"而活，为自己而活。

从那以后，她特别吝啬自己的眼泪，她说我一定要在人前笑，有多明媚就有多美好。

作为好友，我最不想提的就是绿茶的左腿，曾遭遇过一次不小车祸的绿茶左腿留下残疾。以前她最介意这个，害怕走路时别人侧眼瞧她，害怕人家在背后议论，害怕有人朝她指指点点。每次出行她都要站我们中间，目不斜视，还要牵我们的手，说有气势，说让人家看到我们女生之间的"暧昧"，暧昧个屁啊！上学时我喊她一声"老婆"，本就是小孩子玩笑的话，她可好，愣跟我冷战十天，结论竟然是我不尊重她的人格。

原来她曾喜欢的那个男生，曾在某一天朝一位学妹喊声"老婆"，从那以后她对这个称谓深恶痛绝。

她喜欢上笑，喜欢上微笑，更喜欢上倒立，她说倒立能让人精神高度集中，大脑充血，智力提高，还能变漂亮。反正爱笑的绿茶确实越来越漂亮。她慢慢地不再介意别人眼光，走路自然好多，虽也有缺憾，但也是美的缺憾。

绿茶收留了一只流浪猫。我们很纳闷，这么忙的她哪有时间照顾小动物？以前，她说自己爱花，新买的君子兰一月后夭折；她说自己要养鱼，六条凤尾鱼一周后集体鱼跃龙门自杀；她说自己喜欢小鸡，三天后小鸡打蔫身埋黄土。

纯白可爱的小猫，我们真为你的命运捏把冷汗。谁也没想到，小猫越长越可爱，绿茶脸上的笑容越来越多，说话之前先朝你笑笑，笑得那个脱俗的样子好像我们遇见天使。其实我一直没说，绿茶长得很漂亮，只是一张冷脸甩我们十几年罢了，现在所谓大龄剩女的绿茶越活越可爱，越活越漂亮，越活越有爱心。

她说，曾经对花花草草、鱼儿虾儿的罪恶感，全被这个小东西给救赎回来，上天真厚待自己！

我们问她，还记得自己在爱情里败北后的失意样吗？还记得自己横眉冷对好友的样子吗？还记得自己喝下最后一杯泪水的样子吗？

她说，记得，干吗要忘？

她说，我曾看过一个节目，在一家流浪动物收留所里，很多小动物也曾遭遇严重车祸，有只小狗一条后腿断了，它撒尿时竟然倒立，好玩吧；有只小狗腿有伤，但它最爱跟同类赛跑，每次都跑得飞快，非要争个第一。还有网络上小猫跟小狗成为好友，鹦鹉和金鱼互相玩乐，小狗着急下水救主人，两只待宰的鹅依偎在一起等等，反正我从它们有限的生命里，看到无限生活中的美好，更看到超越人类的乐观和阳光。

绿茶加入爱心社、志愿者服务队，资助三个贫困山区的孩子，还定期去养老院看望孤寡老人，反正只要有时间，她就不闲着。

爱情最伤人，大多数是自己伤自己的把戏。

"永远快乐"这句话，不但渺茫得不能实现，并且荒谬得不能成立。快乐的绝不会永久，我们说永远快乐正如像说四方的圆形、静止的动作一样自相矛盾。钱钟书在《写在人生边上》的书中提到的快乐，其实无非证明伤痛永远会从这一秒开始，下一秒结束。悲伤站在快乐的影子里，多大恶鸟的翅膀都挡不住阳光，当鸟在眼前飞，我们以为的黑，以为的厄运，以为的没有明天的未来，正被阳光一点点渗透过鸟的羽毛，细碎的光穿透鸟的身体，会忽然刺痛我们的眼。

当你难过的时候，我会告诉你，我知道你想哭，但你要忍住。

人的一生中，最为辉煌的并不是功成名就的那天，而是从悲叹与绝望中产生对人生的挑战和对未来辉煌的期盼的那些日子。

我们累了，会出门看看太阳，我们乏了，会躺在打开窗帘的床上，我知道你想哭，但你要忍住，因为下一秒，光就会进来，在你睡着或醒着的时候。

命运不会因为
你的软弱就对你仁慈

有时我们以为的傻气，无非是对方的不在乎。正因为不在乎，才傻傻地闭上眼，让你们说，让你们笑，让你们指着我说，瞧那个傻瓜！

星云大师说过："活着不存在任何先决的意义，我们活着就是要去创造出这个意义。"

|

人最大的弱点是善良，人最大的优点也是善良，当我们面对镜子里的自己想要答案的时候，其实答案就在心里。

最好的朋友柠檬姑娘跌过的跟头比走过的路还多，可她还在走。她不怕跌跟头，她最怕无路可走，善良的女人冒着傻气，她的傻气是从娘胎里带来的。

小时候，她被高年级男生欺负，光腚的男娃猛地从池塘里站起来，朝她大喊大叫。柠檬从小视力不好，隔得远，雾蒙蒙一片，她说好像看到一群脱毛的"鸭子"在水面扑腾，竟然跌跌撞撞走过来。她的傻气把男娃吓得扑通躲进水里，不敢冒头。

胆大、不要脸成了她童年的标签。

长大后她以县状元的身份考入重点大学。大学里变漂亮的柠檬，戴着别致的眼镜，小巧精致的五官，温婉恬静的气质，吸引很多爱慕者。她晚熟，晚到说现在谈男女朋友，就是浪费时间，浪费时间就是让人慢性自杀。

她还小，不着急。

学生时代，努力对头脑不聪明的柠檬来说，是唯一可以使用的秘密武器。她顺利在年级前十的名次里起伏，毕业时，她只有知识，没有技能；只有理论，没有实践；只有低头看路抱着厚厚专业书的背影，没有花前月下耳鬓厮磨的倩影。

她甚至没想过自己想要什么？那段岁月，她没有为一件事情疯狂过，没有为一次遗憾伤心过，没有为一个人失眠过，更没有为未来的自己规划过。

2

她是优秀的，优秀的成绩再加上老师的喜欢，后来在老师的力荐下进入不错的公司，一切从零开始。

她还是优秀的，因为能吃苦抗压能力强，因为勤快不怕受委屈，因为不计较一切都无所谓。所有的这些不是因为她傻，而是因为她年轻，她说自己有的是机会。

可有时机会只有一次，当她作为竞聘者参加新成立部门职位的

- 222 -

竞争时，她以前认为的好大姐、憨大哥、好同事、好上司，却在背后悄悄做起小动作。

直到准备好的竞聘书在面试前一刻被换掉，她才明白原来职场里的善良是要命的。职场也是一个看不见硝烟的战场，冲锋号一响，冲到最前面的那个，往往成了堵枪眼的，一枪毙命也好，到头来是英雄是烈士是国家的勇士。

可职场没人要你命，只会让你多流血多流汗，耗得你伤痕累累，自动提出离开，然后成为某些人嘴里的叛徒。叛徒真不是那么好当的，有冤无处诉，恨无处泄，仇无处报，因为自己心软，自己不忍心，自己还惦记着那帮原来有恩的人，恩将仇报的事真做不出来。

终归她还是软弱的。

柠檬最后的失利在所难免，从她申请报名的那一刻开始，她就成了某些人的敌人。

3

她被诬陷的事一桩接一桩。正整理领导安排的资料，喊她，柠檬，有人找。结果人没在，回来资料都被删掉。她的电脑密码就那么两三个人知道，她冷着脸，怒气聚集在眉梢，她那双女性少有的剑眉，一抖一抖地跳。

她胆大，敢于提出工作中的不足和问题，会议上她的话让领导点头认可，却让同事们低头唾骂，说她"不要脸"。很少浓妆艳抹，简单舒服的穿着，让她在美女如云的办公室里好像一只蹩脚的小怪兽。

她走路的姿势，扶眼镜的小动作，喝茶的声音，她的头发她的指甲她的发卡她的凉鞋她的花裙子，反正统统都成了那些人茶余饭后的谈资。

喜欢她的同事劝她，别管他们，忍忍就好了，都是同事，闹得太僵不好收场。

有人说不舒服她替班，有人说家中有事她照顾，有人说数据太多她帮忙，有人说厂家太远她去跑，她总认为自己年轻，多吃点苦没关系，多学习多动脑多请教准没错。

年终部门经理以"个人名义"请大家聚餐唱歌外加泡温泉。柠檬身体不舒服好意拒绝，没想到第二天总经理接到举报，大家的矛头都指向她。

她离开的那天，也是换新工作的那天。

4

多年后，历经磨砺早已脱胎换骨的柠檬，所在公司接到原公司的合作计划书，看后淡定拒绝。

有人说她记仇，有人说她冷漠，有人说她不懂职场规则。她冷静地说，职场本没有规则，是人赋予了它规则，人本没有高低贵贱之分，是人划定了等级。如果你说我记仇，根本没必要，因为那些都不是仇，只是部分人的私心杂念；如果你说我冷漠，根本没有必要，只是商业价值的正常判断；如果你说我不懂职场规则，好，那我成为制定规则的那个人，让大家来遵守。

她三十岁结婚，早有了经济实力的后盾，但她坚持参加绿色集体婚礼，她说爱来于自然，就该归于自然。

她有次独自出游，到达一座热闹的寺庙前，有座小桥，导游说："在桥上走绝不要回头，这样你的烦恼都能抛到脑后。"她跟着战战兢兢的人群走到桥尾，却猛回头，她看到站在桥头的那个自己。烦恼也是命运的浮尘，我们呼吸的空气里都有无数的致命细菌，可我们还活着，还健康地活着，什么浮尘万事抛之脑后，只有活着就随时面对烦恼、忧愁、痛苦，那我们还得活着，快乐地活着。

　　柠檬生孩子时坚持要自然分娩，差点出现意外。大家都问她害怕吗，她说不害怕。如果命运需要带我走，我会放下一切跟他走，我不畏惧死，我畏惧在死亡面前的不舍和犹豫。

　　当年我外公离开，安详地离开。外婆说，真好，他睡得真舒服，死亡也可以是很舒服的。让活着的人看见你的安详比什么都重要，别让世人再纠缠他那什么未了的心愿，他那什么不高的期许，一切都是空的，什么也没有。我就是睡着了，只是睡的时间长些，睡着等你来找我，多好的境界，多好的人生结尾，我喜欢。

5

　　上周我去医院看她，年初被男人抛弃的柠檬，早年丧子的柠檬，职场失意的柠檬，一身伤疾的柠檬，在病床上还在看书；还跟我说起，那些个池塘里光腚的小男孩真瘦，那场竞聘本来自己有第二套方案，那棵爱情树是不是长高了，我儿子肯定变成天使在保护我。

　　有时我们以为的傻气，无非是对方的不在乎。正因为不在乎，才傻傻地闭上眼，让你们说，让你们笑，让你们指着我说，瞧那个傻瓜。

命运不会因为你的软弱就对你仁慈，可命运会因为你的善良而对你宽厚。柠檬在鬼门关前一关一关地闯过来。我们不怕伤痛和疾病，伤痛和疾病就会轻些，好一句"轻轻地你来了，又轻轻地走了"，就算你重重地来，我也让你们一定迈着不服气的脚步离开。

柠檬，我的好友，当她正准备出院时，给我发条短信："我们还没有创造出活着的意义，我们都要加油啊！"

《生命不可承受之轻》的作者米兰·昆德拉意味深长地说："眩晕是沉醉于自身的软弱之中。意识到自己的软弱，却并不去抗争，反而自暴自弃。人一旦迷醉于自身的软弱之中，便会一直软弱下去，会在众人的目光下倒在街头，倒在地上，倒在比地面更低的地方。"

只有活着才能对命运评判，正因为我们试图寻找活着的意义，才需要我们在坎坷命运，残酷现实，冷漠情感和黑暗的洞穴里蛰伏，因为内心的强大，才能把每一天都过得鲜艳如花。花开四季香，有时真不是一个童话，假如我们真的倒下来，也要把地面砸出一个坑，让别人能绕道走。

请做个
自由勇敢的姑娘

　　我到现在好像明白一点情怀的意义。什么是情怀，最著名的是鲁迅老先生说过的那句："无限的远方，无数的人们，都与我有关。"情怀应该是一种超脱本我、惠及大众的普世境界。我们在现实的生活中，虽然我们不能普世其他人，如果能普世自己，尊重自己，爱戴自己，活出自己，就是人一生最大的勇气和情怀。

　　我在去布达拉宫旅行的路上，看到很多叩头朝拜者，他们一步一叩头，不折不扣，矢志不渝，靠坚强的信念，趋向圣城拉萨。我不由想起诗人江一郎的诗歌《向西》，"西行路上／我赶上一个朝圣的人／他用额头走路／我让他上车，他摇摇头／说，你的车到不了那儿。"

　　我曾参加一个部门经理的应聘，人事经理问我："你待过很多部门从事不同工作，请问，你最喜欢哪项工作？"我不假思索地回答，下一个。

下一个工作，下一刻的自己，下一秒的世界，下一次的相遇，下一次的分别都是我最喜欢的，下一刻是对我前生的注解，是对未来的挑战。

我喜欢和有智慧的人结交，更喜欢这个名叫智慧的朋友。女，33岁，单身，轮滑教练，最喜欢人物摄影，她每周六会在世纪公园欧派风格的喷泉旁组织小朋友练习。围观的人群不停鼓掌，我远远听着，就像听一阵阵的雷雨打在鼓上，回音传得很远，混着水声，夹杂着我和她相识的岁月。

26岁那年的智慧，剪一头利索的短发，订婚照上的她有种女性独特的硬朗美。当她看到男人出轨的照片，拎着三节棍找到歌厅，一棍子敲在男人背上，摔趴在地上的男人如一条断了脊梁骨的狗，祈求原谅。

她最恨没骨气、娘们气、哼哼唧唧的男人。她骂句，滚蛋吧！利索斩断在亲人祝福余温还未冷却的感情。

她不排斥相亲，但受不了相亲对象吐着舌头贪婪得好像看到美食的眼神，长得周正点，不管是不是自己的菜，就想第一天拉手，第二天亲嘴，第三天开房，第四天扯证，第五天宣布这个女人是自己的私有物。

我爱你，但我不能占有你，我不会限制你的任何自由，多么大气大度的话，怎么就没人对我说呢？智慧狂笑着讲那些相亲趣闻时，会把宫保鸡丁里的花生说成相亲B，把黄瓜拍成相亲D，不方不正的肉丁戳成相亲Q，还有瘦辣椒的J和红艳艳的胡萝卜S等等，本来她的模仿能力极强，总能生动再现倒人胃口的口舌大战。

智慧晚熟，喜欢她的人在她的高傲面前不战而败，暗恋她的人在她的冷静面前语无伦次，追求她的人在她的英勇面前不堪一击。

直到她22岁时情窦初开，她疯狂喜欢上一个人。她曾穿着轮滑鞋追行驶中的公交车，只为见男神最后一眼；她曾举着大棍子撬开教导主任的房间，只为把男神的处罚公告掐死在摇篮里；她曾在辩论会上跟男神交锋，自动缴械投降，失去立场；她曾默默地为男神补衣服缝了638针，每针都夹带着她的惨叫声……她曾做过的事数也数不清，她曾付出的感情可以用重量来计算，当她高兴一次身体就长一斤，当她失落一次身体就瘦一斤，她变化莫测的体重让我们对她的感情世界变得捉摸不透。

四年里她都在试着忘，忘记喜欢的滋味和不被喜欢的酸楚。当那个男神醒过神来反追智慧时，智慧却格外冷静，就像那句"我喜欢你，只是因为喜欢我喜欢你的那种感觉，却不一定是那个人"。男神反逼她，如果不喜欢我，你怎么没有男朋友？她发狠，我会找个人来让你瞧瞧。

其实很多时候，我们总在较劲，跟别人较劲，也跟自己较劲，用一种极端幼稚的方式来证明自己言论的正确。那段日子，莽撞的智慧在不理智的情况下迅速接受另外一个男人火热情怀的追求，陷入爱情的"陷阱"。后来她说自己真想把自个眼珠子挖出来，把心掏出来，在圣水里好好洗洗，把那段混沌的时光统统冲刷掉。

接下来三年，她一直走走停停，会凌晨给我打电话，说在泰山看日出，会黄昏给我打电话，说在海边看日落，会去那个叫天涯海角的地方，让我去找她。她三年里三次进藏，三次长达一个小时的电话，讲的都是朝拜者的故事。

我从西藏旅游回来，感冒发烧浑身晒得黝黑皮肤泛着红光，脖子和脸大面积脱皮，躲在家里不敢出门。身体刚好些，跟正参加全国青少年轮滑大赛的智慧教练打电话，喊她来看我，立刻，马上。她笑着说，等我们拿到冠军就回，我会带着我的小男神们一起瞧你去。

第二天我拖着病歪歪的身子去药房买药，经过公交车站牌，突然看见停靠在路边公交车窗边坐着一位穿西藏僧袍的光头男子。我鬼使神差跟上去，只见僧人盘腿坐在座位上，双手合十，闭着眼，嘴角挪动，身边搂抱的年轻男女卿卿我我，旁若无人地自顾浪漫。

这时司机猛地一脚刹车，女孩子没站稳，歪倒在僧人的肩膀边。男孩急忙拽起，喊她，离远点，没见那人有病啊！女孩子扭头斜眼看看，轻蔑的口气说，我看也是。

我隔得不远，听得清楚，僧人面不改色地继续打坐。我到站下车，他还在车上，就像我去过的拉萨，去过的布达拉宫的路上，那群人还在那朝拜，而我却走到岔路上，回头瞧瞧，身后早已荒凉一片。

他们还是失利了，小将们垂头丧气走出火车站。我站在黑暗的风里等那个孩子气的好友，笑盈盈的智慧出来，给大家鼓气，没关系，下次再战。我们是因为喜欢，而不是因为外在的名利，不是吗？那些都不重要！

回来没多久，她又进藏，因为她的个人摄影作品展有朋友拉来赞助，有望尽快推出。她说还有一个系列少两幅灵魂作品，她需要再去找找感觉。我喊她带上我，她摇摇头，不带，她说那是她的世界，我到不了那儿。

我喜欢智慧，因为她直率坦诚对生活充满爱和感恩，而且她还勇敢善良不畏惧世俗的偏见。她的内心世界其实就是一座高山，她每天都在攀爬。我们以为她一个人会累，会孤单，会害怕，会无助，会可怜，会想停下来，会被现实所牵绊，可她没有，她自由勇敢地活着，活得洒脱自如。

她不喜欢跟人解释，我们喊她解释自己的摄影作品，她说，你们用心就能感受到，说了心就不在了，就空了。

这次从西藏回来，一个月后她闪婚。在路上遇见自己喜欢的男人，我们这帮朋友谁也不意外，因为这就是她的风格，她是我们普通人身边的奇迹和传奇。

听她讲对方求婚的场景，我的头脑中闪现出《裸婚时代》刘易阳求婚的场景："我没车，没钱，没房，没钻戒，但我有一颗陪你到老的心。等到你老了，我依然背着你，我给你当拐杖；等你没牙了，我就嚼碎了喂给你。我一定等你死后我再死，要不把你一个人留在这世界上，没人照顾，我做鬼也不放心。童佳倩，我爱你。"他俩的故事就是这么浪漫，惹红我们的眼。

林语堂大师说过，我要有能做我自己的自由和敢做我自己的胆量。这是智慧讲给我的。

每个人心中都有一座庙宇，我们站在门外听，我们贴着门缝听，我们听到的仅仅是咒语和钟声，但在他们的世界那是众生智慧的结晶。

我到现在好像明白一点情怀的意义。什么是情怀，最著名的是鲁迅老先生说过的那句："无限的远方，无数的人们，都与我有关。"情怀应该是一种超脱本我、惠及大众的普世境。我们在现实的生活中，虽然我们不能普世其他人，如果能普世自己，尊重自己，爱戴自己，活出自己，就是人一生最大的勇气和情怀。

不管你被贴上什么标签，
只有你才能定义你自己

　　因为学业努力不嫌弃自己，因为念家顾家照看家人不嫌弃自己，因为拼搏进取不嫌弃自己，因为舍得放弃不嫌弃自己，因为感恩和善良不嫌弃自己。撕掉外在的标签，做个自己都不嫌弃自己的人，比做个受他人敬仰的人难得多，再难我们都要去做。

　　电影《丑女也有春天》讲述的是高中女生比安卡，在学校里就是人尽皆知的"丑女"，最后在韦斯利的帮助下找回自信，战胜那些把她标注为"DUFF"（丑女）的讨厌鬼的故事。

　　其中比安卡有段在商场里试衣的热舞，动作火爆豪放，甚至还跟"衣架男"缠绵，被有坏心的同学录了视频传遍全校，成为学校最大的笑柄和最不受欢迎的人。

　　在韦斯利的鼓励下，比安卡向暗恋者勇敢表白，却被误解，愤怒离开。最后还是得到帅气男主韦斯利的真爱，"我不要舞王的称号，我不要傲娇的女神，我要那个姑娘。"

丑女比安卡成功逆袭的最大诀窍在于，她清醒地认识到"我是谁"。

"不管你被贴上什么标签，只有你才能定义你自己。"

I

我永远忘不了高三的那个傍晚，刻板的班主任按照年前期中考试成绩让大家站好队。挨个进教室选座位，只要你考得好，任何位置随你选，注意是任何，没有条件的任何。

空中两层的楼梯上排满蜿蜒的"小蚂蚁"，高矮不齐，喜怒不一，有人趾高气扬，有人低头丧气，有人望着天，有人盯着地，而我反复查看自己的手指，食指上的黑痣比黑夜还黑。

68名学生我站在59名的位置，当时的我完全可以媲美"土肥圆"三个字，又矮又胖给人笨笨的感觉。那天我才明白耻辱跟眼泪无关，需要的是物理上各种定律的灵活应用，化学中谁和谁加到一起才有反应的各式实验，数学题里的不同演练，英语磁带里顺畅的对话和中文翻译，还有古文里的"之乎者也"的特定用法和解释，其他的都是扯淡。

我他妈的一点都不优秀，我的青春完全用得上"糟糕"这个字眼，没有自尊的糟糕。

轮到自己时，前面早已经黑压压的一大片，山雨欲来风满楼，我的小短腿把我带到倒数第三排，挨墙根坐好。我戴上400度的黑框眼镜，看到的还是无数的黑脑袋瓜。

成绩，150以内的数字，我的组合结果怎么总那么差。我知道自己笨，脑袋不灵光，没长着学习那个筋，我仿佛看到好多人在嘲笑自己。那天，我看到自己的未来。

一周后，我跟找茬儿的长得还算不错的男同桌吵架，对方贱贱的小脸朝我喷火，我本想不理他，任他无理取闹。

看着他莫名其妙的发飙，我脑海里却呈现这样一副口吻和语气都严重飘移轨道的画面。

男：对，你无情你残酷你无理取闹。

女：那你就不无情，不残酷，不无理取闹。

男：我哪里无情，哪里残酷，哪里无理取闹。

女：你哪里不无情，哪里不残酷，哪里不无理取闹？

……

再恍惚下去，我会吐。

我唰地站起来，左脚踩凳子，右脚跨上堆满书本试题的桌子，一双带着大块锅底黑的白色运动鞋在他眼前突然闪现，纵身一跃。本来以为自己身轻如燕，轻功了得，没想到落地姿势不对，脚丫子崴掉。在全体同学惊讶的注目礼下，我忍着痛豪迈地走出晚自习的教室。

2

从那以后，我安排自己去了最后一排，跟调皮捣蛋的男生一块疯。只有我知道，我要赢，我要反抗，我要叛逆，我要主宰人生，我要扼住命运的咽喉，唯有考上大学才是唯一出路的农村女孩，表面的无所谓，心里却是"有所谓"得要命。

我成了别人眼里的无可救药。

下课我跟男生抢水泥砌的乒乓球台子，上课偷看武侠小说，写好多酸掉牙的长短句。我坐在老师永远走不到的最后一排，睡觉没人管的最后一排。我成了别人嘴里的那类人，忍受白眼的渣人。在宿舍我也很少说话，独来独往，我五个来月的冷漠抵得上我后十年的冷酷。

那、不、是、我。

半夜，我趁着大家都睡着，偷偷去水房，坐在开水炉旁看书，背单词读课文做习题，利用两周仅一天的休息时间，回家请教大学毕业的舅舅和妗子。

大舅高一英语30分，班里倒数，高考英语89分，全校第四。榜样的力量是无穷的，我知道我想要的，知道，就不觉得苦。

付出就有回报，有时真是个伪命题。

我忍着，忍着，等第二场的数学高考结束后，当晚回到家彻底崩溃了。

第一场语文是我的强项，很顺利，可数学发挥特差，心情特沮丧。我好像看见失败的魔爪正慢慢扣近头顶，躲都躲不掉。

当时我家刚搬到县城，开家小卖部，每晚都是老妈推着自制小推车冰柜，晚上出去卖冰糕。那天我第一次主动要求外卖，我推着咯吱咯吱响的大冰柜，朝人多的地方走去。

走了好远的路，却没卖几根，我累了，想推到马路牙子上歇会儿，可怎么推也推不动，越用力感觉越被抵抗的厉害。我哼哧哼哧发疯地推，感觉自己的哭声骂声咆哮声立马要爆发出来时，有个人影一猫腰，很快闪开，在不知不觉中我竟然推上去了。

回头看清是舅舅，他说："一小块砖头而已，拿掉就好了，干吗跟自己较劲。"

"你就是你，独一无二的你，世界上唯一的你，好是你，坏是你，努力是你，沮丧是你，灰心是你，坚强是你，没人能决定你的命运，只有你自己。别跟自己太较劲，更别因为任何人任何事跟自己较劲，相信自己比什么都强，大不了从头再来。"

那年我没有从头再来，后面的三场出奇得顺利，我考上专科学校却是当年班里最大的黑马。在新环境里，我改掉自己懦弱、孤僻、冷漠等性格，慢慢开朗很多。三年里我荣获各种证书，参加各项活动，还跟暗恋的男生表白，结果已经不重要，重要的是唯一的青春岁月里我没有埋没自己。

大家的眼里是另一个自信、开朗、充满爱心、意志力坚强，真正的才女。

狗屁，什么土肥圆姑娘，土肥圆大神，什么丑女，什么屌丝，只要撕掉身上的标签，只要重新定义自己，见证奇迹的时刻就会到来。

3

工作后我特佩服李子姑娘。

李子左脚有点跛，走路晃晃，肩膀一边低一边高，她左肩膀的书包带总掉。她去水房打热水，水杯里的水面也在晃，好像波澜起伏的海平面。她不怕吃苦，学什么都很快，很细心，乐于助人。她爱说爱笑尤其爱讲笑话，她是我们那儿有名的段子高手，每天午餐总会让人在不经意间有种开怀大笑的感觉，她的笑话不黄不色，满满的正能量。

李子说过的一段话我记忆犹新，她说："我不漂亮，掉进人海还得被最差的那片淹没，但我的世界肯定会因为我而美好，因为我是美好的，我的世界就会无敌。"

我是美好的，我的世界就会无敌。

她家很穷，三个姑娘一个男孩，大妹还好，小妹小时候意外烫伤头，大片的头顶秃着，弟弟生下来智力就有问题，全家仅靠父母伺候六亩薄田过活。高二上半年父亲意外走了，母亲伤心过度病了，李子坚持到高二结束，实在坚持不下去，休学半年，在家照顾妈妈照顾家。

临高考前五个月，母亲身体好些，她拗不过家人强逼返回学校。本来大家都以为她会放弃高考，明年再战，但是她说她等不及了，她真的不能再浪费一点时间。仅复习五个月的女孩，顺利考进河北师范大学本科，在校申请各种补助，靠奖学金和勤工俭学成为优秀毕业生。

毕业前夕，参加河北省新华报社分社的对外记者招聘，面对1000余名的应聘者，她竟然在专业不符的情况下通过层层关卡考核，外派邯郸，驻外记者，一干五年。由于母亲病情加重无法照顾，毅然辞职，选择相对清闲但待遇不高的单位。

五年后，结婚仅一年的大妹竟然查出胃癌，婆家提出离婚。她竟然又选择辞职，回老家创业，利用老家良好的资源，在网上开店售卖自己创新的竹编手工艺品，半年后打开销路，成绩斐然，在老家找个可靠的男人结婚生子一起照顾家人。

男人很爱她，什么都听他的，家人现在也很好，双胞胎女儿都很漂亮，她的朋友圈里满是幸福感。

曾经被标记为残疾的女孩，早已是县里的创业标兵，成为报纸电台广播网络上响当当的人物，她用不屈不挠定义自己为勇者，这样的一个勇者谁不喜欢。

4

有人自立自强就有人完全相反。

昨天，单位晚上送货的搬运工，突然在工作中心脏病发作没了。以前跟他聊天，知道他儿子在德国留学，是孩子强烈要求出去的那种，为此他把父母仅留下的一套房子都卖了，只能跟老伴租房住。儿子在德国两年都没回来，以前天天打电话视频聊天，现在听说交了个女朋友，外国人，经常是一个月都不打次电话。

五十多岁的老人天天晚上不睡觉，又搬又扛的身体怎么吃得消，他说："吃不消也得吃，全为了孩子。"

老人没了，儿子才慌不择路地回国，哭的那个难受样就别提了，满是后悔。

优秀学子，留学生，海归，多好听的名字，多光彩夺目的标签，可再漂亮都没了"儿子"这个标签，亏大发了，可以亏一辈子。

他母亲说，如果不是为了给他攒学费，他爸也不会走得那么早。因为得到这个，失去最宝贵的东西，得不偿失。

手腕上喜欢戴橡皮筋的人是顾家的人，走得再远也会记得回家。回家的路原本很短，拉起来很长。如果有个爱家的标签贴在身上，相信很多人都不愿撕下来。

刘德华在《回家的路》中深情地唱："拍拍肩上的沾染的尘

土，再累也一样坚持的脚步，回家真的很幸福。"

年轻时，觉得我们为了自己，不要放弃坚持，定义人生的目标是因为那是自己想走的路；慢慢大了，有了孩子，经历很多，感受很多，才明白，我们所定义的人生，最终都逃不掉家人的目光。如果家人招呼一声，我们会奋不顾身地放弃很多东西，义无反顾地踏上回程的路。那一刻，我们真正在乎的是家人的安慰和牵挂，什么都可以暂时放下。

放下不是放弃，寻个出口还要上路。

因为学业努力不嫌弃自己，因为念家顾家照看家人不嫌弃自己，因为拼搏进取不嫌弃自己，因为舍得放弃不嫌弃自己，因为感恩和善良不嫌弃自己，撕掉外在的标签，做个自己都不嫌弃自己的人，比做个受他人敬仰的人难得多，再难我们都要去做。

这是自己的使命。

最高的那座山
就是自己

　　　　做个有格局的人，远比做个困兽来得心境自在。我们
　　自己才是高山旁的那座高山，任何高山都在我们的脚下，
　　变矮。

　　《甄嬛传》创造了经典，时年30岁的孙俪被认为走到了个人
事业的巅峰。对此，孙俪的回答是：我要在高山的旁边再立一座
高山。

　　我一直很喜欢孙俪，觉得她是一个有格局的女人。做人，格局
要大，格局越大，越努力，越幸运，你的人生越不可思议。

|

　　柳橙的人生就有点不可思议。

　　泼辣带点浑不吝的女汉子柳橙，为公司奋斗五年，众望所归担
任市场总监的职位。她曾是我们那届大学里的歌霸、麦霸，庆祝当

晚，她叫几个不错的好友，大家都想狠狠宰她一顿，美食美酒美歌美人，两个男生早提前收紧裤腰带，晾着肚子，等美食入口。

一个说我要请她跳第一支舞，另一个说我负责送回家。我们都怕了，吵死了，男人暗恋的表达方式就是不一样，想着什么英雄救美，仗义出手，其实在关键时候未必见真本事。

柳橙有次参加重要饭局，碰到个难缠的主儿，总想贴身伺候。她悄悄求助俩老同学，假扮男友速来解围。一个回女朋友不舒服，一个回丈母娘住院，没敢露头，那个主儿是他俩单位系统内有头脸的人物，不敢惹，怂了。

还有一次路上开车的柳橙遇到酒鬼挡路闹市，那时年轻的她怕得要死更怕无赖找麻烦，想找老同学帮忙，男人是来了，但不敢跟醉酒者交涉，更别说动手。

柳橙最听不得男人骂骂咧咧，满嘴喷粪，气得上前跳起来啪啪俩大耳光，把男人打蒙。打完不紧不慢对围观的老人喊二姨，跟粗壮的男人喊二哥，还朝走过来的警察喊三叔，男人没了主意，匆忙脱身。

2

深爱的男友不辞而别，写封抱歉的信说要为其他女人负责。柳橙突然明白责任是一个需要索取的东西，你不要，有的男人是不屑付出的，他觉得需要保护的是那种娇柔的女生，我长得壮实也不是我的错，没道理。

毕业时我们都不赞成柳橙选择销售岗位，好好的会计不干，去跑市场，女孩子受不了那个苦。可为尽快挣钱为母亲看病的柳橙，跟领导立下保证书，干不好就走。

一分钱难倒英雄汉，我们笑她瞎说，她说不就是吗？女汉子也是汉子的一种。

她感知痛苦的顿感很差，我们心疼遭罪的柳橙为什么不求助父亲，虽早有另外一个家，亲闺女总会在乎点吧？人总不能那么无情。

柳橙不肯去，老妈说过，一辈子不会原谅他，一辈子不会求他，我尊重我的母亲。

商场本就是个大染缸，跳进去的人，不是在臭水里扑腾，就是穿着湿鞋在河边走。小到几万大到几十万的货款进出，柳橙恪守职业操守，无视不义之财。她为受气的员工出气会把到手的订单砸回去，她为受委屈的员工出头能跟领导据理力争，她为一份订单做出不同合作方案，重点站在对方的角度考虑为题，互惠互利。结果无望的订单纷纷而至，摆平几个难缠的客户，熟悉的人开始喊她柳哥。

后来产品出现质量问题，公司一夜之间消失掉，商家受损自认倒霉，主动要求承担责任的傻帽柳橙，卖房卖车签字画押，愣把多年合作的那几个大男人感动得想哭。

没有人会有如此的格局，本来圈子就不大的业界几家大公司，抢着要这个人。

3

自尊自爱的女人最美，强大勇敢的女人最让人惦记，不是身体上的惦记，而是精神上的支持，原来动手动脚的男人再也不敢出现。口碑和声誉，还有女汉子的泼辣和做事干净利索的作风，让柳橙当年的任务指标十个月就完成，全年超额完成120%。同事们接到厚厚的红包，高兴地喊请头吃饭，她拍拍他们肩膀，这是你应得的，回去孝敬家人吧！

她回到家，墙上的母亲不管多孤单都在笑。

我们都劝她不要那么拼，女人该有的没有，体贴的男朋友、关爱的父母、家庭的温暖是她最大的奢侈和心结。

她每日风风火火，连打个电话都很简单，快说，我只有五分钟。她恐高晕机，想尽一切办法克服心理禁区。她不喜欢人家用自己的东西，有轻微的洁癖，却在赶赴地震灾区时主动提出为节省时间坐飞机，到那脏乱差危险的环境把原本光鲜的自己甩出八条街，让人刮目相看。

男人也可以仰望女人的，干吗非得小鸟依人钻到男人怀里，通过泪眼婆娑和撒娇来完成自己希望的事情。我们都是平等的个体，我跟你身高相差无几，我跟你智商不相上下，我不需要谁俘虏谁，做奴隶当女仆。我只是希望我们在饭桌上握手言和，相谈甚欢，我只是希望在困境里一起赴义，同甘共苦。我只是希望两条路慢慢交叉，一条路两个人走，才不寂寞。

经人介绍，她认识现在的男友，刚刚开始创业的看似普通的男人。我们都说不怎么样，她却说，真的很好！

4

男人五年前从事进出口水果批发业务，没想到在出口美国时，被发现水果包装箱内含有美国禁止入境的一种蚂蚁，十几个车皮的雪花梨全部被当地销毁，损失惨重。其他三个合作伙伴拒绝为果农支付剩下的货款，希望对方理解通融，要不就说没钱拖着。

男人不同意，现实不能拖着，生活不能拖着，让身处困境的人理解你的难处，让人家饿着肚子空等一个未知数，谁的心会那么狠。

他变卖全部家当，独自承担，偿还大部分货款，受到果农们的敬佩，剩下的货款约定好还款期限制订还款计划。第三年水果市场回暖，在他们那个县城，大部分批发商都收不到品质一等的好货源，因为果农都在第一时间主动给了那个男人。

第四年他还清所有欠款，跟果农们早成为最好的哥们、亲人、家人，谁家有个喜事都会喊上他，说这是叔，走哪儿都是亲叔。

男人的新事业刚刚起步，摊子很小，市场还没打开，但柳橙不在乎，她在意的是男人的品质，有责任有担当不逃避不畏惧。

犯错出错不可怕，可怕的是把本身的错误推到别人身上，让别人承担你制造的后果，这跟狡猾聪明顺利逃脱没任何关系。人心就是一次次的交手，你动黑手，朗朗乾坤，别妄想没人知道。

5

英国有位经济学家计算过，人遇到真爱的机会只有1/285000，于是大多数人凑合找个人嫁了娶了，过大多数人眼里的凡夫俗子的生活，简简单单，平平淡淡。有问题忍着以为他（她）会改好，但改变一个人需要漫长的时间，也许到最后他终会露出原形，让你无法面对，于是我们怪老天待自己太薄。

于丹曾指出，成长问题关键在于自己给自己建立生命的格局。

做人，格局要大，老辈人都说福祸相依，看待问题的角度要明白轻重，有时只要变换下角度，困难和压力就迎刃而解。

柳橙认为婚姻中自己也是独立的个体，自己对男人是尊重的，而不是依从的。生活就是这样，你想抓住月光，紧紧攥在手里，打开只会发现什么也没有。

婚姻不是铜墙铁壁的堡垒，里面你是女王，他是男仆，或者他是国王，你是女仆。婚姻应该是座木房子，走时咯吱咯吱地响，男人在睡觉，你踮着脚尖走，轻轻的，女人在休息，你脱掉鞋子走，慢慢的。

木房子也会着火，也会冒烟，也会松动，也会漏雨，也会寒冷，也会闷湿，需要我们不断修葺，不断翻盖，不断改进，甚至不断搬迁。但不管到哪儿，木房子的本质不变，变了就会不舒服，不痛快。真的，这样的家才能自然淳朴地与天地浑然一体，好像一棵棵大树弯下腰，把我们抱在怀里。

最真的东西，最纯的东西，往往是我们生命里最难以割舍的。感情也不例外，我们追求真实的美好，放弃无望的虚荣。

做个有格局的人，远比做个困兽来得心境自在。心境打开，我们自己才是高山旁的那座高山，任何高山都在我们的脚下，变矮。

我们都在路上，从未放弃。

所谓运气
就是拼命努力

我相信幸福是一块宝，就在我们的手心里，而努力就是那个壳，打开就能找到。

1

去超市买东西，总会遇见各种购物满多少钱可以抽奖的活动。我很少参加，因为觉得那仅仅是运气而已，而且你的运气早被商家计算好了概率，只不过是他们预想的几千分之一乃至几万分之一罢了。

妹妹喜欢抽奖，总是买回一堆没用的东西，只为凑够那个消费金额，再去碰碰运气。实话实说，每次手气都很差。回家的路上她总唠叨个没完，今天出门不该先迈左脚啦，今天不该穿深颜色衣服，晦气，今天不该出门买东西的，老黄历上说了，不宜外出，忌讳……

每次我都无语。

无语次数多了，我就在反思，人们嘴里常说的那个运气到底是什么啊？难道真的是天命？

亲戚家小孩高考609分，文科，足足比一模二模高出50来分。我问小姑娘怎么做到的，她不好意思地说，运气好而已。小姑娘心情好接着说，我同桌653分，人家努力的四分之一我都没达到，要不然我也能考得更好。如果我再努力一点，如果我再多请教老师同学一点，如果我再虚心一点，如果时间能再多一点，我一定比现在考得更好。

她妈告诉我，孩子高一高二贪玩，高三拼了命学习，获得这个成绩我们做家长的很知足。

我问孩子妈妈，您说孩子取得成绩主要靠什么？运气吗？

她妈着急地说，什么运气！都是靠孩子的拼命努力。

高考的独木桥不好走，被水淹过的人很多。如果有人能在那场千军万马过独木桥中取得满格人生，除非他是天才，是神童，是奇迹，是传奇，那是一场韧性、耐力、智慧和心理素质的综合较量，缺一不可。背后靠的全是努力，努力，再努力。

因为不服输的精神，我们才要靠努力攀登到心中的圣地。

2

关于努力这个事情，大家每天都在身体力行，努力爬一座山，努力做好一顿饭，努力完成一项事情，努力做好爸妈，努力把不懂的问题搞清楚，但这所有努力的背后却是我们都不想主动承认的一种表现。

工作中，很多人都说还好吧，也不难，其实他一晚上在写方案查资料，就是不愿承认自己的努力。爬山时明明累得够呛，还在坚持，因为不愿让别人看到自己是最后一名，明明体力不支还硬扛，美其名曰挑战身体的极限，回家躺床上三天不想动，下次再说爬山，脑袋摇得比拨浪鼓还快。把菜谱背得滚瓜烂熟，却把厨房搞得一团糟，只为做好一道色香味俱佳的糖醋里脊，糖色却变成焦黑，里脊也变成黑炭，手上脸上被烫大包，再碰翻几个盘子碗，才肯善罢甘休。

其实我们都明白，努力也是需要求助的，需要人提醒的，盲目在一条路上走到黑，没准撞到死胡同，郁闷地直怪自己运气不好。

运气好的机会太少了，小时候语文课本有篇达·芬奇画鸡蛋的文章。我想他师父肯定不是希望他每个鸡蛋都画得那么圆，用圆和不圆来考核学习成果太过荒谬，师父肯定是希望他能去实际观察，观察鸡蛋的真正外形。假如他把每个鸡蛋画得比兵乓球还圆，估计老师也不满意。谁家鸡生下来就有那个天赋，下个蛋圆到极致，矫情。

工作后，我承认自己是个很努力的员工。可努力和不犯错是两码事，我大错不敢犯小错不断，可我心态好，我觉得只要做事难免出错，事情总会变好的。虽然早有一个答案在那儿摆着让你尽快达成，但多走几个弯路，多跌几个跟斗，多挨几次批评，多受几次委屈，没什么大不了，只要不涉及我们的底线，一切都原谅。

没人会问你夜里多晚睡，咖啡喝几杯，图纸画几张。谁会关心你的黑眼圈，谁会关心你上火的痘痘。大家关心的是谁才是拖我们后腿的那个人，然后会把所有的矛盾砸到那个人身上。做一次那样的人，压力山大的感觉就够了，下次肯定是拼命努力。时间太宝贵，周末的旅游被取消，因为你；周日的聚餐被取消，因为你；谈好的合同被否了，因为你；说好的美容美发美男按摩的机会被取消，也因为你……多因为你几次，你也该被扫地出门了。

我们不努力行吗？

我们不拼命努力行吗？

3

去年有段时间负责采购工作，我专门去当地的大酒店考察，刚好有个年轻的小姑娘穿着白衣戴白帽，正给厂商送来的海鲜验货，验得很认真。厂商老板不乐意了，不断暗示小姑娘，没必要，没必要，这是你们经理看过的货，他都知道。

小姑娘不慌不忙地说，这是我的工作。

第二天我又过去，听见其他工作人员正在议论昨天的小姑娘，说她晚上不睡觉就为了看书，听说还要考什么研究生，狗屁，瞧她长那样，她要能考上，猪都能上树了。对，就是，多分配给她点活干，看她还有没有力气瞎折腾……

当年小姑娘真的考上研究生，所有人的嘴巴都闭上了，但说得最多的一句话竟然是她运气好而已。

运气好，要不你也考个试试。

有个好友大学毕业那年遇见个不错的韩国人，对方在当地开饭店，中档的那种。外国人在异国他乡混确实也不容易，好友最初只是对韩国人很好奇，经常找理由到饭店来帮忙。男人个子不高，说话声音好听，总耐心指导新来的工人怎么做活。来得次数多了，好友慢慢喜欢上对方，对方也对她有点意思。

后来韩国人家中出现变故需要回国，跟好友表白，问她想不想跟自己一起去韩国。

那时他们仅限于男女朋友，这个问题男方从来没提过，突然一提很担心好友拒绝。可好友不假思索地答应了，她清楚对方家境很普通，男人很努力，在中国奋斗几年也没什么积蓄，但是她相信他的人品。

都说爱情是一场赌注。后来我们问她，当时你有没有下赌注的意思，她冷静地说，没有，我爱就是爱了，干吗要用赌注来衡量爱情，假如我们不能走到最后，我也不后悔。我喜欢这种全部付出的感觉，有一个人能让你心甘情愿全部付出，我相信，那就是爱情的力量。

后来好友在韩国过得很好，还成立旅游公司，我们都羡慕得不行。

我们都说，你运气真好，找个好男人。

她却说，你们不知道，我付出多少的心血，花费多少的时间，付出多少的努力，才融入那边的社会，才让他的家人认可我，才找准我的定位，才确立我的事业。

我好喜欢那个拼命努力的自己，正因为十年前自己的拼命努力，才成就现在的我。

所谓的运气不过是拼命努力。

我们总是对这个世界很谦虚，隐藏起那个努力的自己，用一笑而过的神情来迷惑众人。不是我们不想表露内心的坚强，只不过希望人们多看到生活美好幸福的一面。

4

　　我喜欢跟上了年纪的人聊天，听他们讲自己的艰辛和不易，听那些过往年代的故事。有时都无法想象，那种苦怎么能熬过来，那种痛怎么能挺过去。

　　一口井，在井的半空砸个洞，只能容一个人弯腰起身的空间，因为缺水，为了更好地珍惜水资源，恩师只能在半年的时间里管理井水的打取。一盏油灯，一本书，读完，再读，直到读透，不懂的字查字典，字典都被他翻烂了两三本。哪怕需要骑车去三十里地的外村借书，也是哼着歌去唱着歌回，那种高兴的日子再也没有了。

　　老人总说，现在是好日子，不好好读书对得起谁啊！

　　他们那个年代的努力，不叫努力，叫幸福。

　　我们这个年代的努力，不叫努力，叫坚持。

　　幸福是从内心散发出来的，不自禁的，而坚持是受外界的阻挠而不得不去做的。我只能说，如果不懂得努力的意义，怎么配谈得到幸福？这是一道坎，需要我们跨过去，完成自我精神的升华，我们才能更加清楚幸福到底是个什么东西。

　　我相信幸福是一块宝，就在我们的手心里，而努力就是那个壳，打开就能找到。

谁说眼前不是诗，
远方未必就美好

当懂得远方未必如愿的美好，才知道眼前也可以是诗。生活是可以自己创造出乐趣的，别让无趣的人占据你生活中的主导。

"山珍海味肯定好吃过粗茶淡饭，说不好吃，那是你们羡慕嫉妒恨！"校花的言论彻底激发我们的辩论热情，忘本不是好习惯。物以稀为贵，营养好我不反对，天天让你吃，还不得烧死你。装大款扮富婆，有意思吗？

板栗在下面回句，谁说眼前不是诗，远方未必就美好。

高晓松作词作曲的《生活不止眼前的苟且》红透大江南北时，其中那句"生活不止眼前的苟且，还有诗和远方的田野，你赤手空拳来到人世间，为找到那片海不顾一切"唱得我们对远方生出无限的向往。

板栗那段时间最迷这首歌。

Ⅰ

大学跟板栗认识是因为听着太耳熟不过的乡音。老乡见老乡，两眼泪汪汪，我们没有泪汪汪，却是欢欣鼓舞。

一个人的上进最吸引别人。女孩子在图书馆认真读书的样子最迷人，安静得如雕像，连她翻书的声音都听不见，书一点点变薄，雕像微微一动，那些偷懒的人好像随时能从船上翻下湖底，急忙端正身子，坐好，书还是第一页，句子还是第一句。

有个上进的人在你身边，总觉得有团火照着你，烘得你睡不着，偷懒的机会都少了。

板栗就读中专部，三年。她从第一年下半年开始参加本科自考，一学期以三门专业顺利通过的成绩朝我叫嚣。

刚在大学里新鲜劲过了无聊的我，迷上看书。图书馆我基本天天去借，管理员阿姨都烦我了，干吗不一次多借几本。

我憋着笑说，这不显得我勤奋好学吗？

下午，课间铃声一响立马飞奔进图书馆，铃声再次响完，我的敲门声和喊"报告"声才响起。老师用恶狠狠的目光戳我一眼，我拿着借来的书，封皮朝外，大摇大摆地进去，坐好。

书没读透，过年期间成绩单发到家里，制图课竟然60分，老师手下留情，不好意思为难我这个女流之辈，关照关照。老妈急了，骂我不求上进，考大学非要去那么远，家门口那么多高校不选，非跑得远远的。

我狡辩无果，发誓下次一定考好，否则无颜见江东父老。

远方的美好，怎么到我手里就砸了。

2

人家板栗稳扎稳打步步为营，在临近毕业时自考只剩下四门课程，第三年顺利通过英语四级，学校各种活动都参与一把，有成绩的没成绩的，把简历写得漂漂亮亮。

她相中一家大公司，主动到公司求职，人家看不起这个小姑娘，学历太差，不爱说话，长得一般，有什么资格来跟我们谈条件。

一次不行，两次，两次不行，三次，次数一多，她终于把人事经理给堵在办公室。把自学考试成绩单一摆，全是优优优，没有提问，直接要了。

她说，她不愿回老家，想先在这边混出点样子，有机会再回去，毕竟这是自己期待的远方，远方的美好还没看够，我需要再拼一次。

板栗孤身一人留在千里之遥的山东，独自奋战。家人都担心，无数次提出要她回来，她都拒绝了。她总说，这是我长大的代价。所在企业待遇不错，一上班就给安排两人住的两居室，附近环境优美，自己发展空间很大，她不想失去。

我毕业后回到石家庄，离得近，家人总不时来关心下，嘘寒问暖。开始过得也很苦，租地下室，半夜搬家，房门被锁，煤气中毒，好的坏的都遇到过。想瞒，可老人常来总会知道些什么。担心的样子都是背着我的，那种感觉想想都让人难受。

板栗更是一个只报喜不报忧的姑娘。

离得太远，来回不方便，家中经济条件不好，惦记也只能在心里。她只说好，好事说多了别人就信了。有时多心，会把最不起眼的早已克服的小事透露给父母，外加一句，都解决了，没事了。

老人们本就憨厚，知道孩子过得好，也不再要求什么。

3

板栗有时特想家，想家时总给我打电话。我也劝她回来吧，家里柴米油盐炒出来的东西就是比外面香。

她总说，再等等。

远方渴求的美好慢慢会变得不再是当初的模样。市场一变，企业转型跟不上，那么大的厂子说不行就不行了。

出去混，不行了，回来，是不是太没面。这是大多数人的想法，女孩子找个人嫁了，生儿育女，远方的娘家再好也得忍着不能轻易回去。

板栗心痒痒，偷偷投几份简历回来，有几个公司挺有兴趣，想找她面谈。她没有多想，回来考察完心仪的公司，心里有了主意。

回来，就是不走了，远方再好也是远方，近在咫尺的眼前才是喜欢的生活。漂泊惯了，连撒娇都不会了，连抱老妈的动作都那么生疏。

老人听说孩子要回附近城市工作，这样离家近些。老娘高兴极了，挨家串门，跟街坊邻居说，我家闺女要调回来，我家闺女要调回来啊！

板栗与爱人商量，起初男人死活不答应，要去也是去我家，否则别走。孩子还小，两人照顾确实吃不消，男人只有一个老父亲，家中还有弟弟妹妹照顾。可板栗只有一个妹妹，还在上学，孝心俩人都有。

她好心劝，提出先过去，如果实在不行，我们再考虑新的出路。

4

一回来就是五年，板栗早已经是公司的技术总监，年薪不菲。爱人也有不错的发展，女儿已经上了重点小学，市里新买的房子正在装修。单位附近的房子虽然老点，但面积大，公公和爸妈过来一起住都有富余。

每天一家人乐呵呵的，炒几个家常菜，老人围在一起说说孩子小时候的糗事，日子过得有滋有味。

转了一圈，最终回到最牵挂的那个起点。远方是美好，可眼前也可以是诗情画意。女儿喜欢画画，把家附近的大山画得很漂亮，妈妈题字，爸爸落款，爷爷奶奶姥爷还给上色，那幅画里从远处都能听见笑声传出来。

刘涛饰演的大超市店长，在无法照顾双目即将失明的父亲和患老年痴呆的爷爷，提出把北京的房子卖掉回老家县城，开始新的生活。剧中的结果怎样不重要，重要的是敢于放弃，放弃需要更多的勇气。

走到高处的人主动退回低处，很难。攀登要求只管向上爬，爬得越高越好，而下山需要看着脚下，还得望着前面，急拐弯时才好控制住身体。

都说下山的人轻松，其实不是。下山的人只能不停赶时间，赶到天黑前，赶到乌云压顶前。往往回去的路以为记得很清，总是不小心，太着急，脚底不稳，常会滑到，受伤。

这时，我们总会怪自己。

漂泊久了，家门变了样子，回家的路早被翻修多次，土路不在，记忆中的黄土没了。突然感觉好奇怪，担心走错方向。

"我背起行囊默默去远方，转过头身后的城市已是一片雪茫茫。"我不愿我的家乡一片白茫茫，把我老母亲的头发染成雪白无疆。

　　我们无时无刻不在怪自己，走得好，怪自己不知道珍惜家人；走得不好，怪自己没能力照顾家人；走得远，怪自己总背着颗游子的心；走得近，怪自己没有自由。

　　我们总是难以琢磨。

　　当懂得远方未必是如愿的美好，才知道眼前也可以是诗。生活是可以自己创造出乐趣的，别让无趣的人占据你生活中的主导。

　　有人说门槛最低的文学题材当属诗歌，三言两语就可以是一首美妙的画面。诗歌来源于生活又高于生活，我们在生活中写诗，在闲暇时念诗，其实诗歌就在我们的一日三餐中，换着花样被吟唱。

　　孩子指着天上的白云说，妈妈，看，白云跟着我们跑，像风筝。

　　妈妈说，孩子，拽紧了。